KB119814

매일 하면 좋은 생각

쉽게 불행해지고 행복해지기는 어려운 당신에게

매일 하면 좋은 생각

김유진 지음

위즈덤하우스

이렇게 생각하면
편해져

얼마 전 힘든 일을 겪은 뒤 남편과 온천 여행을 다녀왔다. 뜨끈한 물에 몸을 담그면 남은 마음까지 훌훌 털어낼 수 있을 거라는 기대로 갑자기 나선 여행이었다. 우리는 소풍 기분을 내자며 달걀도 삶고 집에 있는 땅콩도 챙겼다. 사이다도 한 병 샀다. 온천으로 향하는 차 안에서 달걀과 땅콩을 까먹으며 여유를 부리니 벌써 마음이 편안해졌다.

블루투스를 연결해 평소 좋아하는 유튜브 채널을 꾹 눌렀는데 맹자 이야기였다. 진행자 둘과 맹자 전문가 하나가 『맹자』에서 몇 가지 중요한 점을 짚어주고 있었다. 중반쯤 넘어가자 군자의 세 가지 즐거움이 소개되었다. 맹자는 군자의 세 가지 즐거움으로 부모가 모두 살아 있고 형제에게 아무 일 없는 것, 하늘에 부끄러운 일 없는 것, 영재를 얻어 교육하는 것을 꼽았다. 나는 운전하는 남편에게 물었다.

"당신에게 세 가지 즐거움은 뭐야?"

"응? 글쎄, 뭐가 있을까?"

"나 하나는 알아. 화장실에서 무협지 읽는 거!"

"하하하. 나도 당신 거 알아. 거실에서 대자로 누워서 텔레비전 보는 거."

"어, 맞아. 내 큰 즐거움이지."

그렇게 우리는 군자삼락에는 한참 못 미치는 즐거움들을 나열하며 온천으로 향했다. 다소 원시적이고 고즈넉한 즐거움이 내 취향에 딱이다. 그런 즐거움이야말로 마음을 편안하게 해준다.

온천에서 돌아와 생애 처음으로 필라테스를 배우러 갔다. 이것 역시 힘든 일을 겪고 난 뒤 내가 선택한 위로의 방식이었다. 첫 시간에 런지를 하는데 다리가 얼마나 후들거리는지 엉덩이가 도무지 아래로 내려갈 생각을 안 했다. 다른 사람보다 발바닥 아치가 높다는 말을 들어선지 시간이 갈수록 발바닥에서 힘이 빠져나가는 기분이었다. 발바닥을 바닥에 붙이지 못해 중심을 잃고 털썩 주저앉자, 강사가 넙데데한 고무밴드를 가져와 내 발밑에 넣더니 자기 쪽으로 잡아당겼다.

"회원님, 이거 제가 잡아당길 테니까 발바닥에 힘주고 빠지지 않게 하세요."

신기했다. 발 밑에 고무밴드 하나 넣었을 뿐인데 발과 다리에 힘이 생기고, 몸도 덜 흔들렸다. 적어도 넘어지지 않았다.

"엇? 갑자기 잘되네요? 선생님, 발바닥과 밴드 사이의 마찰력 때문인가요?"

"그것도 있지만 그보다는 회원님이 밴드가 빠져나가면 안 된다고 인식하기 때문이에요. 우리 몸은 우리가 인식한 대로 움직이거든요."

나는 고무밴드에 의지하여 런지를 한 개 한 개 무사히 마쳤다. 그러면서 인식한다는 것, 즉 생각이 얼마나 강력하게 나를 지배하는지 새삼 알게 되었다. '생각'은 우리 삶에서 중요하다. 어떻게 생각하느냐에 따라 감정이 달라지고 그다음 생각에도 영향을 주기 때문이다.

예를 들어 어떤 사건이 일어났다고 해보자. 나는 그 사건에 관해 어떤 생각을 할 것이고 이어서 감정을 느낀다. 그 감정은 또 다른 생각을 만들어내고 또 다른 감정을 일으킨다. 생각과 감정은 꼬리에 꼬리를 물고 이어지며, 다음 사건에도 유의미한 영향을 미친다. 만약 이 연속이 부정적이거나 어둡다면, 어떻게 해야 할까?

돌아보면 나는 늘 마음이 편치 않았다. 타고나기를 성격이 예민하고 불안이 심하다. 어떤 이유로든 누군가의 힘에 눌리면 마음이 쪼그라들고 쉽게 다친다. 그 속에는 욕심과 인정 욕구와 자기 연민이 뒤엉켜 있다. 타고난 면도 있지만 마음 편할 틈을 스스로 없애기도 했다. 마음 편하게 살면 뒤처진다고 여겼기 때문이다. 발전이 멈출 거라 생각했다. 차라리 불안하고 긴장된 마음이 더 편했다. 그런데 불편한 마음속에서 살다 보니 그것을 해소하는 데 에너지를 쓰느라 정작 힘을 써야 하는 순간이 오면 늘 뒷걸음질 쳤다.

할 수만 있다면 생각과 마음을 바꾸고 싶었다. 더 좋은 쪽으로, 더 편안한 쪽으로, 덜 슬픈 쪽으로, 덜 상처받는 쪽으로 가고 싶어서 노력했지만 될 듯 될 듯 안 되고 매번 도로 제자리였다. 나아지는가 하면 이전으로 되돌아갔다. 그래도 한 가지 희망은 있었다. 감정이 어린 시절의 나에게서 한 걸음도 나아가지 못하는 것에 반해, 생각은 반복해서 인식하고 연습하면 눈곱만큼씩이라도 바뀌었다. 생각을 이리저리 움직이다 보면 감정도 따라 움직였다. 나의 나약함을 알기 때문에 감정은 되도록 믿지 않는다. 내가 믿을 것은 오직 생각을 확, 아니 눈곱만큼 바꾸는 일이다. 그래야 도미노처럼 연이어 무너지는 생각과 감정을 하나라도 더 세울 수 있기 때문이다.

누가 가장 행복한 사람이냐고 묻는다면 나는 망설임 없이 대답할 것이다.

"마음 편한 사람."

그러나 이 세상에 마음이 마냥 편한 사람은 어디에도 없다. 그러니 '마음을 편안하게 다룰 줄 아는 사람'이 더 정확한 대답일 거다. 편안한 마음은 '좋은' 생각에서 비롯된다. 이 막연한 좋은 생각을 내가 겪은 이야기와 여러 실패담으로 이 책에서 풀어보려고 한다. 행복보다 중요한 것은 편안한 마음이고, 마음을 편하게 하기 위해서는 생각의 각도를 조금씩 조정하며 살아야 한다. 이 책은 그런 이야기이다.

"어떤 생각이 나에게 유리할까?

그럴 때 이렇게 생각하면 편해져."

쉽게 불행해지고

행복해지기는 어려운 당신에게

김유진

차
례

프롤로그

이렇게 생각하면 편해져   004

1장

매일 하면 좋은 생각

불안은 이미 무언가 시작했다는 증거   017

사랑하는 나의 루틴에게   022

내 생각을 믿는다는 것   027

이야기 하나 건졌다고   031

좋은 말들 속에서 살아가세요   036

내가 하는 일이 사랑스러울 때   043

나의 감사는 어떤 모습이었을까?   048

2
장

결국 중요한 것은 내 행복

따라갈 수도, 따라올 수도 없는   057

나도 몰랐던 내 속마음   062

주인공이 아니어도 된다고 말하지 마세요   069

당신은 '0'이 아니에요   073

소중한 당신의 힘, 아껴 쓰세요   078

서로에게 아기가 되세요   084

나 자신에게 유리하게 사세요.   089

3
장

생각대로 일이 잘 안 풀릴 때

나는 왜 그 일에 꼼꼼해지는가   099

목적지 말고 근처까지만 가세요   104

겉노력 말고, 속노력   110

어느 멀티태스커의 불행   116

걱정하시라, 차라리 노래하듯   122

나는 오늘도 작아집니다   128

생각과 감정에서 '사실' 떼어내기   133

4장
버리면 가벼워지는 생각들

때가 되어 해야 하는 일은 없다   141

경험은 삶의 무기가 될 수 있을까?   148

나는 그런 사람이 아니에요   153

내 잘못이야, 내가 부족해서 그래   158

모순된 마음 사이에서 나는   164

어중간한 자의 행복   169

양극단으로 가기 전에   176

5장
사람이 나를 괴롭게 할 때

함부로 친절하면 안 되는 이유   183

상대에게 문제가 있다고 생각하기 전에   187

위로의 말이 서툰 손길이 되어   193

사랑을 모은다고 생각해   197

남들에게만 친절한 사람   203

달라진 인간관계, 어떻게 하지?   208

담아뒀던 속마음 표현하기   214

서로의 바운더리를 지켜주세요   220

6장

나쁜 감정이 생각을 방해할 때

한 번쯤 솔직해지는 길   227

생각하는 것은 미덕이 아니다   231

폐를 끼치고 싶지 않습니다만   236

정확하게 이해하는 습관   241

자기 연민에서 멀어지기   245

그것을 '문제'로 삼는 이유   250

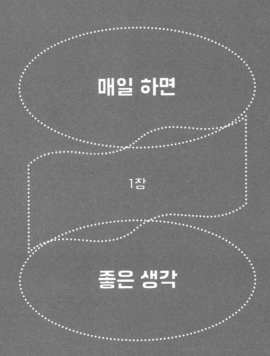

매일 하면

1장

좋은 생각

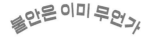

불안은 이미 무언가

(시작했다는 증거)

개인의 사연을 듣고 상담해주는 프로그램을 보면 질문하는 사람들에게는 공통점이 하나 있다. 그들은 문제나 어려움의 한가운데 있지 않고, 대개 변화를 '시작'한 사람들이라는 점이다. 그들은 작심삼일이라도 마음속으로 다짐을 해본 사람들이다. 그들 중에 아무것도 하지 않은 사람은 한 명도 없다. 오죽하면 상담 전문가들이 이런 말을 하겠는가.

"진짜 문제 있는 사람들은 상담하러 안 와요."

그렇다면 이렇게 작은 변화를 꾀하는 사람들의 진짜 고민은 무엇일까?

"이러저러한 것을 다 시도해봤는데 또 제자리예요."

"지금은 나아졌는데 원래대로 돌아갈까 봐 걱정입니다."

"잘 살려고 노력하는데 뭔지 모르게 자꾸 불안해요."

"제가 너무 한심합니다. 이렇게 살아도 될까요?"

문제나 사연은 제각기 다르지만 그들은 대부분 변화 속에서 불안을 느꼈다. 일단 시작은 했는데 불안한 것이다. 결심하고 무너지고 다시 결심하고 무너지기를 반복하는 자기 자신이 바보 같다고 생각한다. 그러나 변화 이전으로 돌아가고 싶지 않은 간절함, 잘 살아내고 싶은 마음은 누구보다 강하다.

그런 면에서 바꿔 생각해보면 불안을 느낀다는 것은 변화가 이미 시작되었다는 긍정적인 신호이다. 아무것도 하지 않거나 살던 대로 사는 사람은 불안을 느끼지 않는다. 스스로의 문제를 인식하고 작은 변화라도 시작하는 사람이 불안도 느낀다. 다만 '나는 시작했다', 또는 '나는 변하는 중이다'라는 긍정적인 생각보다 불안에 더 초점을 맞추니 부정적인 감정에 더 강하게 휩싸이는 것이다.

작곡가 김형석이 대학에서 학생들을 대상으로 특강을 했

는데, 그때 한 학생이 이렇게 물었다고 한다.

"1,300곡 정도 쓰신 것 같은데 언제 슬럼프를 느끼시나요?"

김형석은 그 질문에 뭐라고 대답했을까?

"1,300번 느꼈어요."

김형석에게는 1,300곡을 만들고 그만큼의 슬럼프를 극복해낸 힘도 있지만, 본질은 슬럼프를 겪은 뒤에 '다시' 시작하는 힘이다. 김형석이 느꼈을 1,300번의 슬럼프는 무력감이나 우울에서 나오는 슬럼프와는 색깔이 다르다. 이는 추진력을 동반하는 슬럼프, 시작과 변화의 슬럼프이다. 이런 슬럼프가 없었다면 그 많은 명곡들을 만들지 못했을 것이다.

우리 삶은 늘 새로운 것과의 부딪힘으로 이어진다. 하루에도 몇 번씩 똑같은 다짐을 반복하고 새로운 시작의 문을 통과한다. 그럴 때 우리와 가장 친숙한 감정이 불안이다. 우리를 찾아오는 모든 불안이 새로움이나 시작 때문만은 아니겠지만, 인간이 불확실성 앞에서 느끼는 불안은 무엇보다 두렵다. 그러니 이렇게 생각해보는 것은 어떨까? 불안이나 좌절, 슬럼프 같은 부정적인 감정이 올라올 때 '지금 변하고 있는 나', '변화를 시도하는 나', '조금 더 나아지려고 몸부림치는 나'를 먼저 인식하는 것이다. 변화로 인해 밀려오는 본능적인 불안 앞에서 스스로에게 이렇게 손을 내밀어보자.

'너 시작했구나.'
'너 변하려고 하는 거야.'
'너 지금 노력하고 있어.'

우리가 변화나 새로움을 긍정적으로 받아들이지 못하고 불안감을 느끼는 이유는 의지가 부족해서가 아니다. 인간의 뇌는 행복이나 기쁨을 예측할 수 있을 때 좋은 호르몬을 분비해서 기분을 좋게 만든다. 반면에 예측이 불가능한 불확실성을 싫어하고 그런 일에는 부정적인 감정을 느낀다. 그러므로 우리가 예측할 수 없는 변화 앞에서 불안을 느끼는 것은 당연한 일이다.

커뮤니케이션 전문가이자 과학 칼럼니스트인 데이비드 디살보는 그의 책 『나는 결심하지만 뇌는 비웃는다』(모멘텀,

2012)에서 새로운 일을 시작하거나 변화할 때 그것을 포기하지 않고 극복하는 방법을 소개했다. "나는 할 수 있다"라고 말하는 대신에 "하고 싶어? 한번 해볼래?"라고 자기 자신에게 물어봐주는 것이다.

시작과 변화 앞에서 불안을 느낄 때 스스로에게 이렇게 말해보는 것은 어떨까?

"나는 지금 변하는 중이라 불안한 거야."
"하고 싶어? 한번 해볼래?"

이렇게 말하고 나면 왠지 어떤 일이든 마음 편안하게 시작해볼 수 있을 것 같다.

(사랑하는)

나의 루틴에게

코로나로 재택근무를 시작하고부터 나의 일상을 지켜준 몇 가지 루틴이 있다. 그중에서 매일 반복하는 것이 전화 영어 30분과 스트레칭 30분이다. 두 개를 합쳐서 1시간인 이 일과가 아침과 저녁에 딱 버텨주니, 그나마 다른 일정들이 쉬이 무너지지 않고 비교적 잘 유지되는 편이다. 매일은 아니지만 새벽 독서, 봉사, 독서 모임, 글쓰기 인증 모임 같은 루틴도 재택근무에 원동력이 되어준다. 이런 루틴들 덕분에 프리랜서인 내 식사 시간도 회사에서 일하는 사람처럼 규칙적이다. 어떤 지인은 내게 밥은 먹었느냐고 물을 때마다 먹었다고 대답하니까 한번은 웃으며 말했다.

"정말 신기하네요. 집에서 일하면서 어떻게 그렇게 식사를 제때 잘 챙겨 먹지?"

내 하루 루틴을 다 설명할 수 없어서 에둘러 웃고 말았다. 아침 5시에 일어나 저녁 7시까지 거의 일정한 패턴으로 일하는 나를 보고 친구들은 대단하다고 말한다. 하지만 그건 몰라서 하는 소리이다. 내가 루틴을 지키는 것이 아니고, 루틴들이 나를 지켜주는 것이다. 자질구레하고 소소한 루틴들이 내게 얼마나 큰 힘이 되는지 모른다.

루틴은 평생 해야 한다고 생각하면 질려서 겁을 먹게 된다. 좀 유연하고 느슨하게 생각해야 한다. 계속 할 수도 있고 지금 당장이라도 그만둘 수 있다고 가볍게 여기는 게 낫다. 두 주먹 불끈 쥐고 결심하지 말자. 작심삼일이어도 괜찮다. 작은 루틴을 계속 만들어가는 것 자체에 의미가 있기 때문이다. 남들이 해서 좋아 보이는 루틴을 억지로, 또는 무리해서 따라 하기도 하는데 그건 본인에게 별 도움이 안 된다. 뿌듯함도 잠시다. 재미도 느끼지 못하고, 오래 지속하지 못해서 좌절감만 들기 때문이다. 그러므로 루틴은 '스스로 창조'해야 한다. 자신이 좋아하는 것으로 맞춤 설계해야 한다.

아래에 오랫동안 지켜온 루틴들을 적어보았다. 내가 좋아서 하는 일이면서, 5년 이상 지속한 루틴들만 모았다. 이 글을 읽는 여러분도 지금까지 해온, 또는 앞으로 하고 싶은 자신의 루틴을 적어보자. 예전에는 했는데 지금은 하지 않는 일을 적어도 된다. 다 적고 나면 자신이 좋아했거나 좋아하는 것이 한눈에 보일 것이다.

| 사랑하는 나의 루틴들 |

나의 루틴	기간
오전 6시 〈굿모닝 팝스〉 청취	약 6년
전화 영어 수강	약 10년
독서와 글쓰기	약 30년
검정고시 학습지원 봉사	약 9년
운동	약 15년
독서 모임	약 6년
업무 노트 쓰기	약 14년

다 적어놓고 보니 대단히 자랑할 만한 결과물은 없다. 그러나 아쉬움이 들기는커녕 그것들이 오랫동안 나를 지켜주었다는 생각에 고마운 마음이 든다. 하루의 루틴으로 당장 큰 변화가 일어나지는 않는다. 루틴은 큰 결과물을 바라기보다는 '내가 했다'라는 조금은 무덤덤한 마음들이 쌓이는 맛이다. 어쩌면 아무 생각 없이 해나간다는 것이 루틴의 최대 장점이 아닐까? 큰 성취감을 주는 것들에는 아무 생각이 없을 수가 없다. 자기도 모르게 욕심이 생기고 혹시, 혹시 하는 기대감이 생긴다.

나는 하는 일이 잘 안 풀릴 때 그것과 관계된 아주 작은 루틴들을 만든다. 물론 내가 할 수 있고, 또 내가 좋아하는 루틴만으로 설계한다. 그리고 그것을 아무 생각 없이 무덤덤하게 해나간다. 다만 규칙적이고 지속적으로. 나는 안다, 그것들이 어쩌다 잠깐 보여주는 미소를. 찰나이지만 그러고는 다시 무덤덤해지는 나의 루틴들. 뭔가 대단한 기대를 품지 않고 그냥 하루하루 쌓아나가는 것이 나만의 루틴을 갖는 유일한 방법이다. 아득히 멀어 보여도 지금 당장 할 수 있는 것은 그것만이 유일하다.

우리는 자신이 반복한 일로 이루어진다.
그렇기에 탁월함은 행위가 아니라 습관이다.

● 아리스토텔레스

(내 생각을

믿는다는 것)

몇 년 전의 일이다. 인간관계로 속상한 일이 있어 한 선배에게 고민을 털어놓았다. 그는 나보다 10살쯤 많고 한때는 나의 사수였다. 그는 나의 이야기를 듣자마자 아주 단호하게 말했다.

"유진 씨가 그런 생각까지 했을 정도면 그 사람 안 봐도 알겠다. 유진 씨가 얼마나 노력했겠어."

그는 진심으로 "네가 맞다"고 말해주었고, 나는 깊은 위로를 받았다. 상대를 미워하면서도 한편으로는 자책하는 양가적 감정을 품은 채 속사정을 다른 사람에게 털어놓는 것은 '네가 옳다' 또는 '네 판단이 맞다'라는 확신을 얻고 싶은 마음일지도 모른다.

1장 │ 매일 하면
좋은 생각

이 일이 다시 생각난 것은 남편과의 대화 때문이었다. 하루는 내가 물었다.

"○○○ 알지? 어제 유튜브에서 그 사람 강의를 들었는데 이해가 잘 안 되더라고. 솔직히 평소답지 않게 너무 억지스러워서 내 귀를 의심했어. 내가 들은 게 맞나 한번 들어볼래?"

평소 같으면 '그래, 들어보자' 했을 그가 그날따라 이렇게 말했다.

"아니, 안 들을래. 네가 들은 게 맞을 거야."

나는 왜 이렇게 내 생각에 확신이 없을까?

문득 사수와의 대화가 생각났다. 그때도 나는 누군가를 불편해하는 내 감정에 확신이 없었다. 착하고 이성적인 사람이 되어야 한다는 강박 때문이었을까? 나의 마음이나 감정을 의심하고 또 의심했다. 그러다가 다른 사람이 괜찮다고, 내가 맞다고 인정해주면 그때서야 마음이 놓였다. 누군가를 쉽게 미워하지 않는 건 좋은 일이지만, 스스로에 대한 불신은 부정적인 감정을 키우기에 더없이 강력한 영양분이다.

일을 할 때도 마찬가지였다. 추진력 있고 적극적이라는 평가도 받았지만 마음속으로는 내가 하는 일이나 결정에 긍정적인 확신이 없었다. 나의 불안과 불신을 숨기느라 더 막무가내로, 어떨 때는 과장되고 과민한 반응을 보이는 일이 많았다. 일이 잘 안 풀릴 때는 늘 이런 생각에 사로잡혔다.

'내가 너무 욕심을 부렸어.'
'그럼 그렇지, 내 주제에.'
'어쩐지, 내가 그럴 줄 알았어.'

'친구가 이런 말을 했는데, 기분 나쁜 말 맞죠?' '애인이 사고 쳤는데 저 화내도 되죠?' 같은 글이 인터넷에 넘쳐나는 것을 보면 자기 결정을 믿는 것, 내 감정이 틀리지 않았음을 인정하는 것은 어려운 일이다. 나 자신을 의심하고 믿지 않아야 이성적이라고 배워왔기 때문이다.

불안해서 자기 확신이 없는 것일까, 자기 확신이 없어서 불안한 것일까? 무엇이 먼저인지는 몰라도 마음속에 아직 해결되지 않은 문제가 있다면 이제 그만 마침표를 찍자. 대신 자신에게 "네가 맞아"라고 말해주기로 한다. 의심을 멈추지 않고 계속해서 스스로를 못살게 군다고 생각해보라. 나부터가 믿어주지 않으면 누구도 나를 믿어주지 않는다. 나는 이 말부터 하지

1장 | 매일 하면
좋은 생각

않겠다고 결심한다.

"내가 들은 게 맞나 한번 들어볼래?"

맙소사, 네가 들은 게 맞아. 물을 게 따로 있지!

(건졌다고)

이야기 하나

글쓰기 강의를 할 때 매주 글 한 편 써오기를 숙제로 내주고 수업 시간에 자신의 글에서 가장 마음에 드는 부분을 낭송해달라고 부탁한다. 숙제를 열심히 해오는 사람도 있지만 여러 가지 이유로 그렇지 못한 사람도 있다. 그럴 때는 '말로 하는 글쓰기'라는 이름으로, 해당 주제와 관련된 어떤 이야기든 좋으니 해달라고 한다. 말로 하는 글쓰기는 비록 즉흥적이지만 녹음해서 글로 옮겨도 될 만큼 어느 정도 짜임새가 있다. 큰 얼개는 본인이 만들어가는 거지만, 몇 마디 거들며 질문을 던지는 강사(나)와 다른 수강자들의 공도 조금은 들어간다.

특히 다른 수강자들은 글쓴이를 주인공에서 조연으로 끌

1장 매일 하면
좋은 생각

어내리지 않으려고 말을 아끼면서도, 그의 이야기를 격려하고 자신의 경험을 꺼내 조금씩 보탠다. 글쓴이가 가려는 길에 작은 꽃을 놓거나 지나가는 바람을 자청해 작은 파장을 일으켜주기도 한다. 그 과정에서 글쓴이는 본디 자신이 하려던 이야기에 다른 이들에게 받은 영감을 더해, 한결 완성도 깊어진 이야기를 하나 갖게 된다. 그의 얼굴은 자부심에 찬 뿌듯함으로 변하고, 그런 그를 모두가 흐뭇하게 바라본다. 이는 여럿이 만들어낸 우연과 의외의 결과물이다. 나는 때를 놓치지 않고 말한다.

"지금 말씀하신 거 그대로 쓰면 한 편 나오겠는데요?"

뒤이어 나오는 대답이 어느 때보다 시원하다.

"네!"

우리는 살아가면서 이런 일을 자주 겪는다. 나이를 먹고 성장하면서, 무언가를 배우면서, 사람을 만나면서, 책을 읽고 드라마를 보면서, 거리를 걸으면서도 다른 무엇들과 끊임없이 조우한다. 그 우연과 의외, 뜻밖 들의 끝에는 무엇이 있을까? 바로 필연이 있다. 본인 스스로가 결정짓고 이름 붙이는 필연이다. 작가들이 여기저기 흩어져 있던 우연의 편린들을 잘라 붙여 필연으로 만들어 한 편의 이야기를 완성하듯, 사람들도 그렇게 자신의 이야기를 만들어간다.

그러나 그 길에서 만나는 우연이 늘 달가운 것만은 아니다. 끝내주는 행운이나 재수 좋은 일도 있지만 '하필이면', '왜 나한테만', '내가 무엇을 잘못했기에'라고 생각될 만큼 가혹한 실패와 시련도 만난다. 그러나 이런 것들이 약속이나 한 듯 서로 교차하며 인생을 단단하고 풍요롭게 엮어주는 유일한 모순이라고 생각하면 무턱대고 어느 것 하나만 바랄 수는 없는 노릇이다.

그리스 로마 신화에 나오는 영웅들은 하나같이 다 길을 떠난다. 부모를 찾아서나 복수를 하러 떠나고, 반성과 자책을 하며 고향을 등지기도 한다. 영웅 헤라클레스는 태어날 때부터 헤라 여신의 눈 밖에 나서 평생 동안 비극적인 삶을 살았다. 헤라는 제우스가 사랑한 알크메네를 질투했고, 그 질투의 화살이 알크메네의 아들인 헤라클레스에게 향했기 때문이다.

헤라의 저주로 본인 손으로 행복한 가정을 풍비박산 낸 헤라클레스는 피눈물을 흘리며 집을 떠났고, 그 죄를 씻기 위한 과업의 길에 올랐다. 이것이 헤라클레스의 열두 과업이다. 본인에게는 속죄의 의미였지만 그 또한 계략이었음을 과업을 달성하면서 깨달았을 만큼 그 과정은 죽음과 맞닿아 있는, 너무도 가혹한 형벌이었다. 그러나 그는 거듭되는 우연과 만남 속에서 과업들을 하나씩 완수해냈다.

죽음의 순간까지 녹록하지 않았던 헤라클레스를 불쌍히 여긴 제우스는 그를 신의 반열에 올려주었고, 헤라 역시 마침내 그를 용서해주기로 한다. 헤라클레스 입장에서는 고통이란 고통은 죄다 받았음에도 결국에는 신이 되었으니 좋았을지 몰라도, 인간인 내 입장에서는 이 이야기의 끝이 좀 야속하다. 제우스가 주책없이 헤라의 마음을 풀어주려고 지은 이름이 헤라클레스인데, 그 뜻이 '헤라의 영광'인 것도 그렇다. 거룩하게 받아들여야 할지, 운명의 장난이라고 해야 할지 모르겠다.

그러나 분명한 것은 우리가 아는 영웅들이 그러하듯, 헤라클레스도 자신이 만난 크고 작은 우연들, 좋기도 하고 나쁘기도 한 뜻밖의 사건들 속을 그저 걸어갔을 뿐, 속단하거나 일희일비하지 않았다. 영웅이나 신이 되겠다는 소망조차 품지 않았다. 그는 그렇게 '신'이 되었다.

모든 이야기는 우연과 의외의 연속이다. 불행을 만난 드라마 속 주인공이 우리를 텔레비전 앞으로 끌어 앉히는 것도, 독자들이 가능한 한 책장을 천천히 넘기는 것도 언제 터질지 모르

는 '뜻밖' 때문이다. 사람들은 주인공의 행이나 불행 자체보다
그들이 어떻게 그 속을 헤쳐나가는지에 마음을 더 기울인다. 그
것만이 이야기가 되니까.

우리 안에는 조각나고 쪼개진 이야기들이 헤아릴 수도 없
이 많다. 지금 이 순간에도 계속해서 만들어지고 있다. 자신의
이야기를 갖는다는 것은 본인 손으로 그 이야기들을 붙이고 덜
어내고 연결한다는 뜻이다. 그 접점에 뜻밖과 우연이 있다. 행
과 불행의 연속인 접점은 개개인의 이야기가 인간 보편의 삶이
나 이야기 원형 속에 파묻히지 않고 고유한 이야기로 살아남게
하는 유일한 증거이다.

실패에는 당신만의 색깔이 있다. 실수에도 당신만의 냄새
가 있다. 행운이나 재수가 가는 길도 제각기 다르다. 그러니 당
신의 인생에서 무엇인가를 만났을 때 특히 실패나 패배 앞에서
는 더욱 한 번쯤은 무심히 말해볼 일이다. "나, 이야기 하나 건
졌네?"라고. 그것이 당신의 색깔이고 삶의 방향이 될 테니까.

좋은 말들 속에서

(살아가세요)

.

어린 시절 나는 화를 많이 내는 아버지를 보는 게 너무 힘들었다. 자신이 화났다는 것을 소리를 크게 질러 표현하곤 했는데, 그것이 너무 공포스러웠고 그래서 자주 울었다. 아직도 나는 소리 지르는 사람을 보면 가슴이 쿵쾅거리고 공포를 느낀다. 그러나 다른 사람(그것이 부모라도)에게서 원인을 찾아내도 어린 시절 남아 있는 상처나 흔적은 깨끗이 사라지지 않는다는 것을, 그럴 바엔 그것을 돌보면서 같이 살아가는 것이 유리하다는 것을 차차 배워나갔다. 이런 여유를 찾고 보니 아버지에 대해 생각해볼 마음도 생겼다.

'아버지는 왜 그렇게 소리를 질렀을까? 왜 그렇게 화를 많

이 냈을까?'

지금 생각해보면 그는 서운할 때도, 슬플 때도, 힘이 들 때도, 불안하고 외로울 때도 화를 내고 소리부터 질렀다. 그것이 그가 부정적인 감정을 밖으로 표현하는 유일한 언어였다. 어린 나는 그것을 당연히 구분하지 못했다. 나머지 식구들도 그만의 언어를 못 알아듣기는 마찬가지였다. 어쩌면 화를 내느라 외로움과 소외감 따위는 억압하고 살았을지도 모르겠다.

그런 환경에서 자란 탓인지 나는 화를 잘 내거나 부정적인 언어나 욕을 잘 하는 사람들을 유심히 지켜보게 된다. 나 역시도 가정에서 불쑥불쑥 화를 잘 내는 사람이었고, 그것 때문에 어머니로부터 "넌 아빠 닮았어"라는 말을 지속해서 들으며 자랐다. 어머니가 아버지 때문에 힘든 부분을 나에게 투사한 것이다. 그마저도 이제는 이해를 하지만, 어린 시절에는 그 말을 들으면 더 화가 많이 났다. 절대 화를 잘 내고 소리 지르는 사람이 되고 싶지 않았기 때문이다.

그러기 위해서 나는 책을 열심히 읽었다. 화를 내고 소리 지르는 사람이 되지 않기 위해서 책을 읽었다. 서운할 때, 슬플 때, 힘이 들 때, 불안하고 외로울 때마다 책을 읽었다. 10대 때부터 읽은 소설과 시가 나의 감수성을 키우기도 했지만, 그보다 내 안에 쌓인 부정적인 감정과 분노를 상쇄시킨 공이 더 크다고 생각한다. 나는 시어들 속에서 안심했고 문장에 깊은 위로를 받았으며 이미지와 은유로부터 힘을 얻었다. 부모나 친구들로부터 채워지지 않는 따뜻한 사랑을 받았다.

내장산 근처에 사는 80대 S도 나와 비슷한 사람이다. 시가와 이웃에 살던 분인데 우연한 기회로 책 친구가 되어 책 선물도 주고받는다. 이제 이사를 가서 1년에 한두 번 어머니를 통해 통화만 하는 사이다. 그는 전화로 어떤 책을 몇 번 더 읽고, 또 어떤 책은 몇 번 필사를 했다면서, 자신이 운동하고 밥 먹는 시간 빼고 얼마나 열심히 읽고 쓰는지, 마치 학생이 선생에게 하듯 나에게 줄줄이 보고를 한다. 그럼 나는 거기에 장단을 맞춰 잘하셨다, 멋지다고 연신 칭찬을 해드린다.

내가 그를 특별한 책 친구로 생각하는 이유는 그 또한 책을 읽으면서 자신의 아픔과 슬픔을 지웠기 때문이다. 그의 80년 한을 다 알 수는 없다. 하지만 그가 들려준 몇 개의 이야기만 이어 붙여봐도 또 분위기랄까, 아니 말씨의 느낌만으로도 그는 보통 사람이 아니다. 모질다는 말로는 표현이 안 될 만큼 시대와 개인의 삶이 뒤엉켜 갖은 풍파를 다 지나온 사람이다. 그런 그가 이제는 책 읽기가 세상에서 가장 재미있다고 말할 때, 내 눈시울이 괜히 뜨거워진다.

　나를 더욱 감동케 하는 것은 인생의 풍파에도 그의 말씨는 억세거나 거칠지 않다는 점이다. 함께 읽는 동화책에 대해 이야기를 나눌 때도, 집 마당에 핀 꽃과 풀에 대해 말할 때도 그의 말은 고상하다 못해 아름답다. 힘든 세월을 보내느라 쌓인 억울함과 분노 때문에 불쑥불쑥 한 번쯤 욕을 하고 거칠고 모진 말을 해도 이해할 수 있을 것 같은데, 그의 말은 언제나 보드랍고 상냥하나.

　이는 그가 지금까지 살아오면서 자신의 마음을 거듭 다듬고 보살피며 살아온 결과이다. 말은 즉흥적이고 충동적인 면이 있기 때문에 자기 본모습을 감추는 데 한계가 있다. 얼마 동안 감출 순 있지만 머지않아 본래 모습이 드러난다. 그러나 내가 몇 년간 보아온 그는 살아오면서 화가 나고 불안했을 때, 외롭고 힘이 들었을 때 자기 감정과 마음을 잘 단속해온 사람이다. 덕분에 지금까지도 말과 표정에 가시가 없고 향기롭다.

　그가 80대가 되어 글자를 익히고 독서의 즐거움에 빠진 것도 그런 노력이 있었기 때문이다. 자신의 아픈 세월을 책 속에 담가 넣고, 푹 물러 알맞게 익을 때를 기다리는 중이다. 책 속에 있는 어휘와 문장, 이미지와 은유에 자신의 감정과 생각을 기대 살아갈 힘을 다시 한 번 길어 올리고 있는지도 모른다.

예전에 회사 동료들 예닐곱 명과 한 달에 한 번 점심시간에 모여 책을 읽은 적이 있었다. 회사에서 독서 모임을 만드는 것이 내 작은 소망이었는데, 다행히 우리 팀과 다른 팀 몇 명이 합류해 소설부터 시집, 비문학 등 여러 책을 함께 읽었다. 그때 나는 아주 신기한 경험을 했다. 그 사람들과 몇 년 동안 함께 일하면서 한 번도 쓰지 않은 단어로 대화를 나누었던 것이다. 우리가 나누는 대화라는 게 회사라는 테두리에서 벗어나지 않는데다가, 어쩌다 사적인 이야기를 해도 회사 사람이라는 전제하에 말을 아끼게 되고 늘 쓰던 말만 비슷하게 늘어놓는 것이 전부였다.

그런데 책을 읽고 모이니 앞으로 10년을 더 같이 일해도 한 번도 쓰지 않을 단어와 주제로 이야기를 나누게 되었다. 나는 그 속에서 이전까지는 한 번도 만나보지 못했던 그들의 다른 면들과 마주했다. 한 번도 나눈 적 없는 말들이 우리 사이를 새로이 오가는 동안 나도 그들도 서로에게 새 사람이 되었다.

반드시 책으로만 할 수 있는 일은 아니다. 좋은 언어를 가진 사람을 만나도 되고, 그런 말이 나오는 영화나 드라마를 보아도 된다. 괴테가 병상에 있을 때 그의 친구가 매일 찾아와 같은 시를 낭송해주었다. 훗날 괴테는 친구의 시 낭송 덕분에 병이 나았다며 고마움을 글로 전했다. 괴테의 친구처럼 나 자신에게 좋은 어휘로 된 시를 매일 읽어주어도 좋겠다. 천천히, 당신의 목소리로. 좋은 생각이나 긍정적인 생각은 한순간에 생기지 않는다. 좋은 언어와 말들 속에서 꾸준히 살아가야 그 속으로 미끄러지듯 들어갈 수 있다. 그래야 그것들이 나를 통과해 다시 밖으로 나온다.

생각해보니 내가 어렸을 때 아버지도 책을 열심히 읽었다. 돈 맥클린의 〈빈센트〉를 듣게 된 것도 아버지가 산 카세트테이프 덕분이었다. 일흔이 다 된 아버지는 지금도 매일매일 신문을 정독한다. 그도 그 나름의 노력이 있었던 것 같다. 좋은 말들 속에서 살아가기 위한.

이제 나는 알아요.

당신이 내게 무엇을 말하려고 했는지

당신이 온전한 마음으로 살기 위해 얼마나 힘들었는지

사람들을 자유롭게 해주려 얼마나 노력했는지.

● 돈 매클레인, 〈빈센트〉 중에서

(사랑스러울 때)

내가 하는 일이

하루는 시어머니와 팥을 껍질과 분리시키는 일을 했다. 쭈
그리고 앉아 껍질을 키로 여러 번 인 다음에, 팥을 한 움큼씩 덜
어내 벌레 먹은 것을 하나하나 골라내는 작업이었다. 나는 이
마지막 공정을 혼자 다 하게 해달라고 어머니께 특별히 부탁했
다. 욕심을 부린 이유는 팥 색깔이 너무 예뻤기 때문이다. 팥을
하나하나 쳐다볼 새 없이 키로 일 때는 잘 몰랐는데, 한 알 한 알
만지면서 고르다 보니 그동안 내가 알던 팥 색깔이 아니었다.
그것을 무슨 색깔이라고 해야 할까. 이럴 때는 나이 든 어느 소
설가의 묘사를 빌려오고 싶다. 검붉다 싶으면 보랏빛을 안 넣고
는 설명이 안 되고, 와인색이라고 하기에는 검붉음을 못 넣어

아쉬운, 그런 빛깔이다. 색도 색이지만 알알이 품은 빛이 지나치게 밝지 않으면서 조용히 제빛을 내뿜는 자태 때문에 자꾸만 쳐다보게 된다. 그렇지만 그 영롱한 빛깔에 반해 일 욕심을 부린 자의 감탄사는 고작 이것이었다.

"어머니, 색이 왜 이렇게 예뻐요? 와, 정말 예쁘다."

연신 예쁘다, 예쁘다만 외치던 내게 어머니는 딱 알맞은 해답을 내려주었다.

"그렇지? 사랑스럽지?"

사랑스럽다는 말은 머리를 좀 굴려 그럴듯하게 표현해보고 싶었던 내 마음을 무장해제시켰다. 그 말을 이길 말이 없었다. 나는 기꺼이 손을 들었다.

당연하지만 어머니는 농사에 대해서 아는 것이 많은 전문가이다. 어머니는 생계로 짓는 토마토 농사에 대해서도 잘 알지만, 워낙 큰 농사라 아버님이 대장 역할을 하면 거기에 따라주는 듯하다. 그런데 그밖에 마당 텃밭과 대문 밖 남의 땅을 빌려 짓는 먹거리 농사는 확실히 어머니 차지다. 나는 사계절 내내 그 땅들이 노는 꼴을 못 봤다. 텃밭 한편에 아무것도 없다 싶어 "어머니, 여기에 뭐 심으실 거예요?"라고 물으면 "잉? 시금치 심었는디"라고 말한다. 그래서 가만히 들여다보면 새끼손가락 손톱보다 작은 연둣빛이 보일락 말락 한다. 어머니의 텃밭은 주인을 닮아 부지런하고 꾸준하며, 작아도 넉넉하다. 그녀가 사랑스럽다고 말할 수 있는 것은 거기에 들인 자신의 노력과 시간 때문이다.

그리고 농사에 관해서라면 그녀는 늘 궁금한 것이 많다. 40년 넘게 농사를 지었는데도 아직도 동네 이웃이나 어른들에게 이것저것을 묻는다. 한번은 잠시 동네 방앗간에 마실 다녀온 어머니가 말했다.

"방앗간에 앉아 있다가 좋은 거 하나 배워왔네. 동네 할무니 하는 말이…."

급기야 그녀는 나에게도 배우려 든다. 음식 솜씨라면 동네에서 알아주는 그녀인데, 내가 인터넷에서 배운 요리 정보를 어쭙잖게 늘어놓으면 학생처럼 다소곳이 귀담아듣는다. 그녀가 텃밭을 잘 가꾸고 음식 솜씨가 좋은 이유는 타고난 면도 있겠지만, 그보다 계속 알고 싶어 하는 마음이 크기 때문이라고 생각한다. 어느 정도 알고 있어도 더 알고 싶어 하는 마음, 그러면서도 자기 일을 사랑하는 마음은 흔치 않다.

학교를 졸업하고 사회에 나가 일을 시작하면 누구나 얼마간은 좌충우돌하는 시간을 보낸다. 그런 시간이 지나 조금 알 것 같을 때 어김없이 생각지도 못한 사고가 터진다. 그렇게 크고 작은 사건과 사고를 치르다가 안정기가 찾아오면 일이 사랑스럽기는커녕 매너리즘에 빠지고 불평불만이 올라오기 시작한다. 그 시점은 정확히 언제일까? 일이 손에 어느 정도 익을 때쯤이다. 업무가 익숙해지고 거의 루틴처럼 흘러가는 그 시점에 부정적인 마음도 스멀스멀 올라온다. 그때부터는 열정도 식고 아무것도 궁금하지 않고 알고 싶지도 않아진다. 그동안 쌓은 자기만의 노하우만 가지고도 충분히 일할 수 있기 때문이다. 얼마 전에 내가 그랬다.

원래 나는 극성스러울 정도로 책 만드는 일을 열심히 했다. 그러나 최근 그 일에 재미를 느끼지 못했다. 재미는커녕 힘에 부친다는 생각뿐이었다. 작업이 지난하고 힘들었던 책은 출간 뒤에는 쳐다보기도 싫을 정도였다. 새로 뭔가를 배우는 것이 귀찮고 궁금한 것도 줄어드는 것 같았다. 하던 대로 일하는 것이 가장 편했고, 새로운 것을 만나면 왠지 거부감부터 들었다. 그러면서 내가 하는 일이 별것 아니라는 생각, 잘하는 사람은 따로 있다는 질투 섞인 체념 같은 부정적인 마음이 몰려왔다.

한참을 그랬던 것 같다. 일이 많아서 힘들고 지치는데, 그러면서도 아무 일에도 열정이나 궁금함이 생기지 않았다.

　이런저런 핑계 삼아 2박 3일로 시골 어머니 댁으로 놀러 간 것도 좀 쉬면 나아질까 하는 나만의 응급처방이었다. 그런데 내 사연을 알 리 없는 어머니께서 '사랑스러움'이라는 명약을 내게 처방해준 것이다. 물음을 가지라고, 그러면 사랑스러워진다고.

1장 매일 하면 좋은 생각

(나의 감사는)

어떤 모습이었을까?

한때 감사 일기 붐이 일었다. 유명 인사들이 감사 일기를 쓰면서 어려움을 극복한 이야기가 공개되면서 너도나도 감사 일기를 썼다. 여기저기에서 예쁘고 감각적인 감사 일기장이 다양하게 출시되고, 무엇에 대해 감사하면 좋을지에 대해서도 친절하게 알려주었다.

감사 일기를 써서 인생이 완전히 바뀌었다며 이를 설파하는 사람, SNS에 매일 자신의 감사를 공유하는 사람, 종교적인 신념으로 신에게 감사하는 사람 등 감사하는 모습도 다양했다. 그러나 '감사'를 자기 훈련이나 루틴으로 삼아 긍정적이고 행복하게 삶을 살겠다는 최종 목적은 같았을 것이다. 어떤 식의 감사이든 좋다. 이를 통해 긍정적인 생각과 감정을 갖게 된다면 무엇을 더 바랄까.

그런데 감사하는 마음을 갖든, 감사 일기를 쓰든 한 가지 조심해야 할 것이 있다. 바로 마음이 아닌 머리나 입으로만 감사하는 마음이다. 감사 일기 전도사들은 억지로라도 감사하라고 강조한다. 그렇게 하면 마음에서 감사가 우러나오고, 그러다 보면 인생이 긍정적으로 바뀐다고 한다. 정말 그럴까?

일단 그렇게 말하는 사람들은 머리나 입이 아닌 마음으로 깊이 감사했을 가능성이 높다. 다만 그것을 전달하려다 보니 사람들을 일단 감사의 바운더리 안으로 먼저 넣어야 했을 것이다. 그러나 그들도 알고 있다. 무작정 감사한다고 생각이 쉽게 바뀌지 않는다는 것을. 무턱대고 긍정한다고 생각의 뿌리까지 변하지 않는다는 사실도 말이다.

그렇다면 그동안 나의 감사는 어떤 모습이었을까? 나 역시 머리와 입으로만 감사할 때가 많았다. 감사하면 겸손하고 좋은 사람이 되며, 긍정적이고 행복해질 거라고 굳게 믿어왔다. 나의 감사에는 진심과 만족보다 조건이나 체념이 더 컸다. 그동안 나의 감사는 어땠는지 5가지 유형으로 나눠보았다.

"이것만으로도 감사하자."	자기기만형 감사
"감사해야지, 별수 있어?"	체념형 감사
"작은 것에도 감사합시다."	결정형 감사
"감사하면 복을 주실 거야."	조건형 감사
"내 주제에 이 정도면 감사하지."	자기비하형 감사

자기기만형 감사는 마음으로는 전혀 감사하지 않으면서 부정적인 마음을 회피하기 위해 만들어낸 감사이다. 심리학에서는 부정적인 감정을 무조건 나쁜 것으로 낙인찍지 말라고 한다. 그것도 감정의 일종으로 받아들여야 한다고 말이다. 그러나 부정적인 감정이 올라오면 그것을 어떻게든 몰아내고 싶은 것이 사람 마음이다. 그럴 때 억지로 하는 감사가 도움이 될까?

가령 나보다 불행한 사람과의 비교에서 나오는 감사는 진정한 감사가 아니다. 자기 자신을 아주 잠깐 속이는 것에 불과하다. 나보다 더 잘 살고 행복해 보이는 사람을 만나면 금세 무너져버릴 단타 감사이다. "이것만 해도 감사해야지"라는 연약한 감사를 하기보다는 힘들고 어려운 상황을 잠깐 지켜보는 것은 어떨까? 내 현재 상황을 유심히 파악하여 감사할 구석을 찾아낼 시간이 있어야 한다. 근거를 갖기 전에 감사부터 하면 그

힘이 지속되지 않는다.

체념형 감사는 자신의 힘든 상황이나 어려움 앞에서 행동이나 실천을 하지 않겠다는 선언이나 마찬가지이다. 주체적으로 생각하고 행동하기보다는 벌어진 일에 어떤 것도 시도하지 않겠다는 완고함을 감사로 대체한 것뿐이다. 살아가면서 무언가를 체념하고 포기해야 할 때도 있지만, 우리는 하루하루 조금씩 달라지고 향상하는 자신의 모습에서 긍정을 배운다. 그러나 감사를 빌미로 노력하지 않겠다는 마음은 발전하지 않겠다는 뜻이나 마찬가지이다.

결정형 감사는 내게 주어진 것이나 상황을 '작다', '부족하다', '적다', '낮다', '가난하다' 등으로 정해놓고 감사한다. 그 기준은 자신이 만든 것이다. 이처럼 작고 가난하고 부족하다고 규정한 뒤에 감사를 하면 그 기준에서 빠져나오기가 어렵다. 일단 그렇게 결정하고 그것에 감사한다고 포장까지 해놓았으니 여간해서는 그 기준이 바뀌지 않는다. 그럼 나 자신은 영원히 작고, 부족하고, 낮고, 가난한 존재가 된다. 나 자신을 그런 존재로 규정지을 필요가 있을까? 그것은 겸손의 감사가 아니라 자존감을 갉아먹는 감사이다.

조건형 감사는 감사를 가지고 거래하는 마음이다. 감사하는 착한 마음을 가지면 더 큰 복을 받을 거라는 욕망이다. 기복 신앙의 일종으로, 신앙을 가진 사람들이 자주 범하는 실수이다. 신에게 감사하면서 항상 조건을 붙인다. "○○님, 감사합니다. 저 이것만 꼭 들어주세요." 더 좋은 것을 받기 위한 감사에 진정성이 있기란 어렵다.

자기비하형 감사는 겉으로는 만족하는 것처럼 보이지만 자기 자신을 비하하는 마음이 크다. 감사하는 마음 앞에 '내 주제에', '내 형편에', '내 팔자에'라는 생각이 먼저 든다면 감사가 어떻게 긍정적일 수 있을까? 이것 또한 부정적인 마음을 감추기 위한 대체적 감사의 일종이다. '내 주제에 이 정도면'의 관점 보다는 '지금의 나를 감사한다'라는 자기 긍정적 관점이 필요하다. 스스로 기를 죽이지 말고 지금의 나를 있는 그대로 감사하는 마음이다.

이 책을 읽는 여러분의 감사는 나의 이런 어리석은 감사와 다를 것이라고 믿는다. 다만 내가 어리석은 감사를 해보고 하나 알게 된 것은 쉽게 감사하면 원망도 쉽다는 점이다. 긍정도 마찬가지다. 무턱대고 긍정하면 상황이 바뀌었을 때 쉽게 부정적으로 돌변한다. 자신을 속이는 감사, 포기하는 감사, 조건이나 단서를 붙이는 감사, 자신을 비하하는 감사는 긍정적인 마음이 지속되는 것을 방해한다. 실은 나도 어떤 것이 진정한 감사인지 잘 모르겠다. 그래도 한 가지 버릴 것은 확실하다. 덮어놓고 무턱대고 감사하는 마음을 경계해야 한다. 감사의 이유를 생각하고 자신의 상황을 잘 해석하고 납득한 뒤에 진심으로 감사하는 마음이 중요하다. 나는 그런 감사를 하고 싶다.

결국
중요한 것은

2장

내 행복

(따라갈 수도,)

따라올 수도 없는

코로나 이후, 여기저기에서 온라인 강의가 막 시작됐을 때의 일이다. 어색함 반 두려움 반으로 온라인 강의를 시작한 강사도 있었고, 상황이 나아지면 오프라인으로 하겠다며 강의를 미루는 이도 있었다. 온라인 강의를 꺼리는 강사들 중에는 이런 이유를 가진 사람도 있었다.

"온라인으로 했다가 누가 제 강의를 녹음해서 따라 하면 어떡해요?"

나는 그 말을 들으며 예전에 알던 분이 생각났다. 그는 역사 유적지에서 학생들을 위한 도슨트로 일했는데, 어느 날 이야기를 나누다 그곳에는 학생들만 오는 게 아니라는 말을 들었다.

"녹음기를 들고 와서 제 말을 녹음하는 분들도 있어요."

"예?"

"이쪽 일을 처음 하는 분들도 오고, 꽤 경력 있는 강사들도 와요. 조용히 강의만 듣고 가는 분도 있고 몰래 녹음도 해요."

"그럼 어떻게 하세요?"

"그냥 녹음하게 돼요. 그분들이 제 말을 녹음해도 저와 똑같이는 못할 테니까요. 하하하."

그 말을 하는데 왠지 그가 멋있어 보였다. 머리로는 그렇게 생각해도 막상 그런 상황에 닥치면 예민해질 수도 있을 텐데. 아무래도 그의 자신감이지 싶었다. 그의 말이 백번 맞다. 자신의 강의 노하우를 누군가 따라 할까 봐 온라인 강의를 못 하겠다는 분들의 마음도 이해는 된다. 남의 강의를 그대로 베끼는 사람들이 있긴 하니까. 하지만 강사 본인의 경험, 그 경험과 연결되는 지식과 정보, 이것들이 모두 모아져 이르는 그 사람만의 통찰과 메시지를 그대로 재연하기는 어렵지 않을까? 그 안에 깔린 그 사람만의 밀도까지 흉내 내기란 더더욱 불가능하다. 그 것은 말하는 사람의 고유함에서 나오기 때문이다.

SNS에 달린 수많은 '좋아요'와 '댓글'을 볼 때도 이와 비슷한 생각이 든다. 이 표시는 과연 글을 쓴 사람의 생각과 마음에 얼마나 공감한다는 뜻일까? 대충 읽고 습관처럼 '좋아요'를 누르는 이들이 태반이라 글 쓴 사람의 심중을 정확히 이해하는 사람은 몇 없을 듯하다. 설사 꼼꼼하게 읽어도 글을 쓴 사람이 말하려는 핵심을 적확히 알기란 쉽지 않다.

명언이나 어록, 갑자기 유행하는 신조어도 그것을 처음 만든 사람의 의도와는 다르게 쓰이는 경우가 많다. 대표적인 사례로 에디슨의 명언 '천재는 1퍼센트의 영감과 99퍼센트의 노력으로 이루어진다'가 있다. 에디슨은 1퍼센트의 영감이 없으면 99퍼센트의 노력은 소용이 없다는 의도로 말했다고 하는데, 대개 99퍼센트의 노력에 방점을 찍는다. 대체 이렇게 잘못 알고 있는 것들이 얼마나 많을까? 자신이 쌓아온 배경이나 진짜 의미는 다른 사람에게 잘 보이지 않는다. 다른 사람이 알 수 있는 부분은 고작해야 아주 일부분이다.

우리는 다른 사람을 흉내 내며 살아갈 수 없다. 열과 성을 다해도 타인의 진실이나 본질에는 가까이 가지 못한다. 다른 사람도 나에 대해 마찬가지다. 내가 나일 수밖에 없는 면들이 모여 만들어진 존재가 '나'이기에, 이런 나를 따라올 수 있는 사람

059

2장
결국
중요한 것은
내 행복

은 아무도 없다.

그럼 남과 같아질 수도, 남이 따라 할 수도 없는 고유한 나의 행복은 어떻게 찾아야 할까? 행복을 일반화하기는 어렵지만 그 방법을 평준화시켜 알려주려는 사람들이 있다. 21세기는 온갖 분야에서 부모와 선생이 넘쳐나는 세상이다. 다만 그들이 알려주는 행복을 참고할 수는 있지만 나에게 딱 맞는 옷은 아니라는 점을 기억하자. 나에게 맞춰 기장을 늘이거나 소매 길이를 줄여야 한다. 그러기 위해서는 스스로의 경험과 생각으로 빚어낸 자기만의 눈, 즉 관점이 필요하다.

예를 들어 '괜찮아', '잘했어', '최고야', '좋아'라는 말은 행복의 기호에 불과하다. 그 말이 기호에서 메시지가 되려면 거기에 자기만의 관점이 들어가야 한다. 관점은 자신이 노력하여 얻은 작은 성취와 경험, 그 경험을 바탕으로 스스로 생각하고 깨달아서 얻어낸 삶의 고유한 태도이다. 거기에 남이 하는 말이나 남이 쓴 글과 책으로부터 얻은 것을 중간중간 가감하면 자기만의 통찰이 생긴다. 그 통찰이 곧 관점이 된다.

이러한 과정 없이 남들에게 쉽게 얻은 것만으로는 한 걸음도 나아가지 못한다. 행복이라는 단어에 발이 묶여서 제자리걸음만 할 뿐이다. 힐링, 욜로, 워라밸, 소확행, 플렉스의 다음 차례를 기다리면서 새로 유행하는 행복만 찾아다닐 것이다.

당신은 엄청나게 고유한 존재이다. 그러니까 당신의 행복도 고유하다. 무엇이 행복이고 긍정적인 삶인지는 스스로 경험하고 생각해서 찾아내야 한다. 남들의 행복한 경험을 복제하는 일에서 한 번쯤 과감하게 벗어나는 것이 그 시작이 될 수 있다. 죽어라 따라 하려고 해도 닿을 수 없는 것이 남들이 만들어놓은 행복이다. 남의 행복에 밑줄을 긋고 별표를 치고, 녹음해서 달달 외워도 그건 그 사람만의 것이지, 내 것이 될 수 없다. 따라갈 수도, 따라올 수도 없는 나의 행복을 찾아가보자.

061

2장 | 결국
중요한 것은
내 행복

(나도 몰랐던

내 속마음)

중학교 1학년 때인가? 가창 실기 시험이 있는 날, 나는 집에서 목이 터져라 연습을 하고 선생님 앞에 섰다. 나는 성악가들이 하듯 굵은 목소리를 흉내 냈고(어쩌자고 그랬을까?), 그 목소리가 내 귀에는 썩 좋게 들렸다. 나는 내가 잘하는 줄 알았고 은근히 선생님의 칭찬까지 바랐다. 그러나 노래가 시작되고 얼마 되지 않아 선생님의 표정이 조금씩 일그러졌고 급기야 그녀는 내 노래를 중단시켰다. 내 기억이 틀렸기를 바라지만 선생님은 분명 입술을 비뚜름히 하고 웃고 있었다. 그러더니 나를 쳐다보지도 않은 채 실기 점수를 적으며 말했다.

"노래를 그렇게 부르면 안 돼. 그 목소리는 뭐야, 그… 참

나."

　　실기 점수는 최하위였다. 그 일이 있고서야 내가 음감이 거의 0에 가까운 사람이라는 것을 알았다. 그때까지 그걸 몰랐다니 얼마나 심각한 음치였는지 따질 필요는 없을 것 같다. 나는 정말 끝내주는 음치에, 박치이다. 어쩌면 그렇게 보통 사람에게 어느 정도 주어질 수준의 음감이라는 게 하나도 없는가 말이다. 웃지 못할 비극이다.

　　대학 때 호기심으로 들어간 풍물패에서도 예외는 아니었다. 다른 친구들은 10분이면 배우는 장구 가락 한 마디를, 나는 적어도 이틀은 연습해야 겨우 따라갔다. 하지만 중학교 때만큼 당황스럽지는 않았다. 어느 정도 대비가 되어 있었다고 할까? 일단 선배들이 가락을 알려주면 그 자리에서 못 따라 하는 것에 스트레스 받지 않고 스스로 당연하게 여겼다. 대신에 학교 수업이 끝나면 혼자 동아리 연습실에 가서 두 시간씩 연습을 했다. 보통 사람이라면 그렇게까지 연습할 난이도의 가락도 아니었다. 기초반에서 배우는 가락이야 단조롭고 짧았으니까. 그만큼 내가 박치였기 때문이다. 당시 내가 장구를 얼마나 열심히 쳤으면, 그걸 본 부모님이 글을 쓰러 대학에 간다고 하더니 장구를 치러 간 것 같다고 웃으며 말할 정도였다.

　그런데 문제는 그다음 시간이었다. 동기들은 앞서 배운 가락까지 붙여서 곧잘 치는데, 나는 이전 가락(혼자 그토록 연습한)과 새로 배운 가락이 뒤섞여 머릿속이 하얘졌다. 그럼 또 나 혼자 헤매기를 시작, 그날 연습이 끝날 때까지 진땀을 여러 번 흘려야 했다. 그런데 아이러니한 것은 동아리에 끝까지 남아 4학년 때까지 장구를 친 사람은 나밖에 없었다. 선배들은 우스갯소리로 말하곤 했다.

　"꼭 악기 못 치는 애들이 끝까지 남는다니까."

　그 뒤, 그러고도 미련이 남았는지 30대 중반에 예전 사부님을 찾아가 다시 장구를 배웠다. 그는 나의 '절대적 음감'을 이미 아는 사람이었고, 그런 나를 늘 배려해주었다. 오랜만에 듣는 장구 소리에 흥분이 될 만큼 재미가 아주 좋았다. 같은 반 사람들의 진도를 따라가려고 극성도 부렸다. 사설 연습실을 등록해서 따로 연습까지 한 거다. 퇴근하고 집에 들러 장구를 들고 다시 버스를 타고 연습실에 가기란 보통 일이 아니었다. 무슨 대회를 나갈 것도 아니고, 대체 왜 그렇게까지 했을까?

　하루는 사부님이 해외 공연을 가서 사부님의 제자가 우리 반을 맡아 가르쳤다. 그날따라 왜 그렇게 어려운 가락을 가르쳐주는지, 역시나 나는 또 헤매기 시작했다. 종국에는 거기 모인 사람들에게 미안한 마음이 들어 내가 잘 못 치는 부분이 나오면 스스로 멈추었다 치고, 또 멈추기를 반복했다. 그러자 가르치는 사람이 영 답답했는지, 아님 제 딴에는 농담이었는지 이렇게 말했다.

"참 신기한 게, 학교 때 못 치던 분들은 20년 뒤에 쳐도 똑같아요. 하하하."

나는 그를 따라 같이 깔깔 웃다가, 그 순간 한 번도 생각해보지 않은 물음이 떠올랐다.

'나는 왜 이렇게까지 못하는 일에 매달리고 있을까?'

그때까지도 모르고 있었다. 내가 노래를 부르고 악기를 연주하는 것을 정말로 좋아한다는 사실을! 최근에 그것을 깨닫게 된 작은 사건이 있었다.

우연히 유튜브에서 전 세계 어린이와 청소년들이 모여 BTS의 〈다이너마이트〉를 부르는 장면을 보았다. 사실 나는 그때까지 BTS가 몇 명인지도 몰랐다. 당연히 아는 노래도 없었다. 그런데 아이들의 합창을 듣고 홀딱 반했고, 그날부터 거의 매일 〈다이너마이트〉를 연습했다. 그 노래는 (나에게는) 거의 랩 수준으로 빠르고 영어 연음이 계속되어 너무 어려웠다. 그런 노래를 음치인 내가? 말이 따라 부르는 것이지 그냥 떠듬떠듬하는 데 까지만도 적지 않은 시간이 흘렀다. 음은커녕 가사를 보고 겨우 소리를 내는 데까지 열흘이 걸렸다.

그 지난한 연습 과정을 다 지켜본 이가 남편이다. 내가 〈다이너마이트〉를 한 줄도 못 부르고 혀가 꼬여 버벅대다가, 마침내 거의 모든 가사를 따라 부르게 된 날, 그는 물개 박수를 쳐주었다. 그리고 이렇게 말했다.

"둘리(내 별명)는 노래 부르는 거 참 좋아해."

나는 그의 말을 듣고 조금 멍했다. 내가 노래 부르는 것을 좋아한다는 사실보다, 그것을 이제야 알았다는 사실이 충격적이었다. 누구보다 열심히 했으면서도 좋아해서 그런 거라고는 한 번도 생각해보지 않았다는 게 의외였다. 그 말을 듣고 돌아보니, 과연 나는 노래 부르는 것을 아주 많이 좋아하는 사람이었다.

중학교 때 아침 6시면 일어나 라디오 방송 〈굿모닝 팝스〉에서 흘러나오는 팝송을 따라 부르던 나, 학교에서 개최한 반대항 합창대회를 누구보다 좋아한 나(음을 못 잡아 잘하는 친구 옆에서 따라 불렀을지라도), 지금도 성당에서 성가를 부를 때 온

몸이 짜릿해지는 나를 이제야 알아챈 것이다.

어떻게 자기가 좋아하는 것을 그렇게까지 모를 수 있느냐 물을 수도 있다. 하지만 이 글을 읽는 당신도 곰곰이 생각해봄 직하다. 우리에게는 좋아한다고 생각했는데 실은 마음이 떠난 지 오래인 일도 있고, 행복한 기억을 차지하고 있지만 미처 눈치채지 못한 것도 있다. 나에게는 노래가 후자에 해당된다.

BTS의 〈다이너마이트〉 이후 나는 하루에 한 곡씩 노래를 부른다. 음치라는 꼬리표도, 박치라는 꼬리표도, 사람들의 평가도 다 떼고 오직 나를 위해 노래를 부른다. 중요한 것은 노래를 부를 때 느끼는 내 기분이니까. 다시 장구를 칠 날도 기대해본다. 나, 그때는 눈치와 구박을 유쾌하게 견디어보리라!

어느 누구도 과거로 돌아가서 새롭게 시작할 수는 없지만
지금부터 시작하여 새로운 결말을 맺을 수는 있다.

●카를 바르트

주인공이 아니어도 된다고
(말하지 마세요)

P는 대한민국에서 가장 좋은 대학을 나와 대기업에 다니는 사람이다. 비슷한 커리어의 남자를 만나 결혼해서 아이도 하나 낳았다. 어릴 때도 부모님의 경제력 덕분에 부족함 모르고 자랐고, 결혼 후에도 풍족했다. 직장에서도 성과가 좋아서 또래보다 승진이 빠른 편이었다. 그런 P는 40대 초반에 인생 최대의 고비를 만났고, 그것을 계기로 책을 가까이하고 글도 쓰기시작했다. 나는 글쓰기 강의에서 그를 처음 만났고, 그 사람이쓴 글을 몇 편 읽을 기회가 있었다.

그의 글은 대부분 좋은 대학, 좋은 직장, 좋은 집 같은 외부조건은 삶에서 중요하지 않다는 논조였다. 큰 어려움을 겪고 보

2장
결국
중요한 것은
내 행복

니 자기 삶과 길을 찾는 것, 물질보다 정신적인 것을 추구하는 삶이 더 값지다는 사실을 깨달았다고 했다. 학창 시절에 한 번도 1등을 놓쳐본 적 없다는 P는 세상의 성적표에 자신을 맞추지 말라고 강조했다. 그의 글에는 틀린 말이 하나도 없었다. 다 맞는 말이었다. 그런데 그의 글을 읽을수록 이런 생각이 들었다.

'인생에서 한 번도 1등을 해본 적 없는 사람이 그의 말에 공감할 수 있을까?'

그가 그렇게 말할 수 있는 이유는 1등도 해보고 남들보다 주목받아본 경험이 있기 때문이다. 언제나 꼴등만 하던 사람이 어느 날 갑자기 깨달음을 얻은 수행자처럼 '그런 것 다 소용없다'라고 말한다면 아무도 설득하지 못하리라. 세상에는 주인공으로 살지 않아도 별로 미련이 없는 사람도 있겠으나, 한 번쯤 원하는 것을 가져보고 한 번쯤 목표를 이뤄보아야 자신의 방향을 정할 수 있다. 보통 사람은 건너뛰지 못하는 마음이다.

나는 어린 시절 달리기를 잘했다. 초등학교 때부터 고등학교 때까지 한 번도 빠지지 않고 반 대표로 나가 달리기를 했다. 친구들의 열렬한 갈채를 받으며 마지막 결승선의 테이프도 끊어보고, 1등도 여러 번 했다. 환호성을 들으며 운동장을 뛸 때의 느낌은 지금 생각해도 짜릿하다. 영어도 잘하는 편이었다. 달리기처럼 1등은 못했지만 열심히 했고 성적도 꽤 좋았다. 나는 학창 시절 대체로 기가 죽고 위축된 편이었는데, 이 두 가지를 할 때만큼은 기가 조금 살아났다. 직장 생활에서는 어땠을까? 눈에 띄는 직원은 아니었지만, 몇 가지 업무만큼은 잘한다는 소리를 들었다. 상사나 회사에 인정받는 부분이 있었기 때문에 그나마 험난한 직장 생활을 이어갈 힘을 얻을 수 있었다.

무엇을 하든 주인공이 되어보는 경험은 중요하다. 주인공이 되어보지 않고도 만족한다고 말하는 것은 진심일까, 합리화일까? 주인공으로 설 자리와 기회는 인생에서 여러 번 찾아온다. 화려한 무대가 부담스럽다면 작은 무대라도 피하지 말고 올라가보자. 그것들이 마음에 쌓여 힘이 되고 우리의 기를 살려줄 것이다. 스포트라이트를 받고 다른 사람들을 책임지고 이끌어보는 경험만이 세상을 바라보는 또 다른 눈을 뜨게 한다.

영화 〈연애 빠진 로맨스〉의 자영은 속상한 일이 있어 술을 많이 마시고 늦잠을 잔다. 다음 날 아침, 그녀의 할머니는 손녀의 방문을 벌컥 열고 잔소리를 한다. 자영이가 할머니에게 투정하듯 내년이면 서른인데 언제 어른 되고 언제 주인공 되냐고 외친다. 그러자 할머니가 빙긋이 웃으며 주인공도 해보고 엑스트라도, 조연도 해보는 게 사는 재미라고 답한다.

　이 말을 듣고 '난 엑스트라와 조연으로도 충분히 만족해'라고 섣불리 단정 짓진 말자. 남이 세워놓은 무대 말고, 당신이 깔아놓은 판에서 주인공이 되는 경험을 여러 번 시도하기를. 1등도 해보고 남들 앞에 당당히 서보기를. 잘나보기, 이겨보기, 앞장서보기, 어깨에 힘주기, 찬사와 박수를 받기를. 당신, 충분히 그럴 수 있는 사람이니까.

(당신은)

'ㅇ'이 아니에요

　누구나 인생에서 금전적으로 어려운 시기가 찾아온다. 나에게는 스무 살부터 30대 초반까지였는데, 특히 독립해서 처음 5년은 매달 돈 걱정을 하면서 살았다. 매달 신용카드로 현금 서비스를 받아서 급한 불을 끈 뒤 다른 카드를 쓰면서 한 달을 버티는, 일명 돌려막기를 하면서 살았다. 그럼에도 아무에게도 돈을 빌리거나 어렵다는 말을 꺼내지 않았다. 다행인지 불행인지, 이런 경험을 비관할 정도로 부유하게 산 적이 없었던 덕분에 지금 생각해도 그때 마음만은 참 건강했다. 그런데 그 당시 딱 한 번 다른 사람에게 손을 벌린 적이 있다.

　대학원에 다니며 학원 아르바이트를 할 때였는데 정말 돈이 없어서 이틀 동안 라면만 먹었다. 금전 문제에는 어느 정도 굳은살이 박였다 생각했지만, 그때는 정말 생애 첫 위기였다. 그런 와중에도 돈을 그냥 빌리기는 싫었다. 그래서 일을 더 해야겠다고 생각했는데 갑자기 "저 일 좀 주세요"라고 부탁할 사람이 없었다. 그때 어디에서 그런 용기가 났는지 모르지만 불쑥 한 사람에게 전화를 걸었다.

그는 당시 출판사 주간이었고, 나와는 서로 알게 된 지 얼마 되지 않은 사이였다. 그런 그에게 무작정 전화를 걸어 뻔뻔하게 물었다.

"선생님, 저 일 좀 주실 수 있어요?"

사람은 누울 자리를 보고 다리를 뻗는다고 했던가. 내게도 이런 부탁을 할 수 있는 이유가 나름대로 분명했다. 그때 나에게는 일종의 믿음이 있었다. '이 사람이라면, 그래, 이 사람이라면 말할 수 있겠다' 하는 마음이었다. 일을 주면서도 나를 미안하게 만들지 않을 사람, 또 일이 없다고 해도 부탁한 나를 민망하게 만들지 않을 사람이라는, 그런 믿음이었다. 한마디로 그는 내 자존심을 지켜줄 사람이었다.

"일? 있지. 지금 바로 해줄 수 있어?"

그는 기다리기라도 한 듯 바로 일감을 건넸다. 받아보니 내 능력에 넘치는 일이었지만 일주일 동안 잠을 서너 시간씩 자면서 미친 듯이 매달렸다. 그럼에도 약속한 시간에 일을 다 마치지 못해서 조금만 시간을 더 달라고 양해를 구했으나 그는 단박에 마다했다.

"유진 씨, 거기까지 했으면 됐어. 수고했어요."

나는 끝까지 하겠다고 고집을 부렸지만 그의 단호한 결정에 하던 일을 멈추고 자료를 넘겼다. 그런데 통화가 끝나자마자 그는 또 기다렸다는 듯 내 통장에 약속한 금액을 입금했다. 일을 끝까지 마치지도 못했는데 돈을 다 받기가 미안해 다시 전화를 걸었지만, 그는 일한 대가이니 받으라고 간단히 말하고 전화를 끊었다.

60만 원. 나는 그 돈으로 월세를 내고 밥을 사먹고 세금을 냈다. 벌써 15년이 지난 일이지만 아직도 종종 그때 일을 생각한다. 그 사람에 대한 고마움이야 이루 말할 수 없고, 나는 그때 이후로 사람에게는 '자연히 채워지는 것'이 있다고 믿게 되었다.

세상에 공짜 없다는 말이 실감날 정도로 바득바득 이를 갈며 노력해야 딱 그만큼 얻는 것 같을 때가 있다. 그나마 노력한 만큼이라도 받으면 다행이다 싶을 정도로, 돌아오는 게 정말 하나도 없어 보일 때도 있다. 그러나 사실 우리는 그보다 더 많은 것을 세상에 빚지고 살아간다. 누구나 태어날 때 화수분을 하나씩 팔에 안고 나오는 것 같다. 인생에서 그것을 써먹을 기회도 여러 번 온다. 그것은 착하게 산 사람만 받을 수 있다는 복福도 아니고, 우연히 떨어진 재수 좋은 콩고물도 아니다. 말 그대로 자연히 채워지는 것이다. '한 사람이 살아갈 수 있을 만큼 시나브로 채워지는 사랑'이라고 말하면 너무 통속적일까?

내 친구 M은 알코올중독자였던 아버지와는 어린 시절 헤어졌고 남아 있는 어머니마저 건강이 좋지 못해 스무 살부터 지금까지 20년 넘게 봉양을 하고 있다. 그는 웃으며 자신의 십자가라고 말하지만 나는 지금껏 그만큼 인복이 많은 사람을 보지 못했다. 옛날 내가 누군가의 호의로 월세를 내고 밥을 먹었던 것과는 비교도 안 될 만큼, 그는 인생의 위기 때마다 친구나 지인들의 도움을 받으며 다시 일어서곤 했다. 잠깐 지나가는 시절 인연이, 기가 막힌 타이밍과 우연들이 그를 도와주었다. 그저 신기하다고 말할 수밖에 없는 다이내믹하고 극적인 순간들도 많았다. 지금에야 고백하는데 나는 한때 그의 인복을 마냥 부러워한 적도 있었다.

그러나 가족이나 친구처럼 사람으로부터 얻는 복이 없는

것 같다고 걱정할 필요는 없다. 사람만이 사람을 살리는 것은 아니다. 우리는 사람 말고도 많은 것들에 빚을 지고 살아간다. 맑은 하늘과 시원한 바람이, 길가의 꽃들과 발에 차이는 돌부리가, 글과 음악이, 동물 같은 다른 작은 생명들이 바닥난 우리 마음을 얼마나 많이 달래주고 채워주는가. 그들은 늘 우리를 조용히 채워준다. 빈 곳을 비집고 들어가 태연하게 앉아 있고, 허기진 마음이 무너지지 않을 만큼 모퉁이 돌이 되어준다. 죽지 않을 만큼의 양식과 눈물을 멈출 정도의 사랑, 차갑게 식지 않을 정도의 관심과 우정이 우리 옆에 늘 있었다. 앞으로도 계속 있어줄 것이다.

우리 인생은 '0'인 적이 한 번도 없다. 그저 우리 스스로가 아무것도 없다고 느껴왔을 뿐이다. 그러니 당신은 지금도 '0'이 아니다. 언제나 '1'이거나 '2'이다.

소중한 당신의 힘,
(아껴 쓰세요)

어릴 때부터 어머니가 내게 늘 하던 말이 있다.

"애, 왜 이렇게 힘을 줘. 힘을 좀 아껴."

내가 이 말을 듣는 곳은 주로 부엌이었다. 어머니를 도와 부엌일을 할 때 나는 요령이란 게 없었다. 뭔 뚜껑 하나를 열 때도 있는 힘을 다해서, 음식을 저을 때도 필요 이상의 힘을 팔에 잔뜩 주었으며, 뭔가를 옮길 때도 끙, 하면서 언제나 온 힘을 꺼내 썼다.

그에 반해 몸집이 작고 호리호리한 어머니는 일을 할 때 자기만의 요령이 많았다. 무거운 것을 옮길 때는 못 쓰는 이불을 밑에 두고 끌어당겼고, 굳게 닫힌 뚜껑은 시간을 좀 두고 압

력을 뺀 뒤 열거나 정 자기 힘으로 안 되는 것은 바로 남편을 불렀다. 이를 옆에서 보고 자란 나였지만 도무지 그의 요령은 배우지 못했다. 무슨 일이든 있는 힘을 다해야 직성이 풀렸다.

토마토 농사를 짓는 시가에서 일을 도울 때도 마찬가지였다. 나는 마치 경쟁이라도 하는 사람처럼 있는 힘을 다해 빨리빨리 토마토를 따야 마음이 편했다. 그에 반해 남편은 일을 하는 것인지 노는 것인지, 세월아 네월아 천천히 토마토를 땄다. 화장실에 가서 한나절, 담배 피우러 가서 한나절, 아이스크림 사온다고 또 한나절이었다. 그런데 일이 다 끝나고 그와 내가 수확한 토마토를 비교해보면 내 것보다 남편의 것이 항상 더 많았다. 거기다 그날 저녁 온몸이 쑤셔 앓아눕는 나에 비해, 남편은 조금 피곤한 정도였다. 그럴 때면 그가 내 몸에 파스를 붙이며 하는 말이 있다.

"그러니까 좀 천천히 하라니까."

돌아보며 눈을 흘기지만 남편의 말이 백번 맞다. 나는 무슨 일을 하든 내가 할 수 있는 최선을 다해야 한다고 생각하는 사람이다. 열정과 최선을 목표로, 게으름과 나태함을 극도로 싫어했다. 평일은 물론이고 주말에도 새벽 5, 6시면 일어나 뭐라도 하는 나, 한마디로 나는 가만히 있지 못하는 인간이다.

그런데 문제는 그게 힘에 부치는 줄도 모르다가 덜컥 번아 웃을 겪거나 제풀에 지쳐 스스로 포기하는 일들이 잦아진 것이다. 나의 에너지가 얼마큼인지 모르고 마냥 힘만 주었던 대가일까? 단거리를 뛰는 순간 에너지는 강해도 장거리를 뛸 지구력은 없는 내가, 단거리 에너지만 믿고 밀어붙이다가 나가떨어진 일이 생각보다 많았다.

그런 나를 돌아보게 된 것은 남편과 결혼한 뒤부터이다. 처음부터 그의 라이프 스타일을 좋게 본 것은 아니다. 사실 처음에는 그가 너무 한심했다.

남편은 정신적으로든 육체적으로든 꼭 필요한 곳에만 에너지를 쓰고 나머지 시간은 거의 누워서 지내는 사람이다. 잠은 또 얼마나 많이 자는지! 나는 그가 신생아인 줄 알았다. 새벽에 일어나 하루 일과를 시작하고 늘 뭔가를 하고 있는 나 같은 사람에게 그가 얼마나 게으르고 한심해 보이던지, 결혼 초기에는 그 모습에 적잖이 실망했다. 연애 때도 잠이 많다는 것은 알고 있었지만, 이 정도일 줄이야. 그는 자기 할 일만 딱 끝나면 늘 뒹굴뒹굴, 여유만만이었다. 거실에 대자로 누워 이불을 코까지 끌어당기고 세상 행복한 얼굴로 축구 경기를 보거나 무협지를 읽는 남자, 해맑은 얼굴로 나한테 자기 옆을 가리키며 "이리 와서 좀 쉬어"라고 말하는 그 덕분에 어이가 없어 같이 웃기도 했지만 속으로는 '아, 저 게으른 남자'라고 수백 번 혀를 찼다.

그랬던 내가 이제는 틈만 나면 누워버리는 여자가 되었다. 남편의 게으름을 벤치마킹한 덕분이다. 가만히 보니 이 남자의 게으름에는 다 계획이 있었다. 그는 무턱대고 힘을 아끼는 것이 아니라 언제 더 쓰고 덜 써야 하는지 타이밍을 알고 있다. 일을 할 때도, 인간관계에서도 강약을 조절해, 매사에 잔뜩 힘이 들어간 나와는 달랐다. 그래서 그런지 그는 중요한 일 앞에서는 나보다 더 힘을 잘 내고 후유증도 덜했다. 내가 쓸데없는 일에 힘을 낭비하고 있을 때 그는 아무 일도 하지 않고 힘을 비축했다. 자기 힘이 어느 정도인지 알고 그것을 적절하게 분배해서 쓰는 현명함, 그것은 몸집이 작은 어머니가 살림을 해나가는 요령과 비슷했다.

하루는 텔레비전 방송을 보는데 남편과 비슷한 사람들이 나와서 한참을 웃었다. 〈알쓸신잡〉이라는 방송에서 작가 김영하가 이렇게 말했다.

"절대 최선을 다하면 안 된다는 게 저의 모토였어요. 인생에는 어떤 일이 일어날지 모르고 그 일을 대비하기 위해서는 능력이나 체력을 남겨놔야 합니다. 그래서 전 집에서 대체로 누워 있어요. 함부로 앉아 있지 않아요. 하하."

옆에 있던 유시민 작가까지 나서서 격하게 공감했다.

"나하고 똑같네요?"

어떤 일을 할 때 60, 70퍼센트의 힘만 쓴다는 김영하 작가의 말에 나는 또 한 번 무릎을 쳤다. 내 힘을 무턱대고 써버린 지난날에 대한 후회와 더불어, 앞으로는 기회가 될 때마다 더욱 뒹굴거리며 요령을 피우리라 다짐했다. 에너지를 격하게 써봤자 효과는 떨어지고 힘은 힘대로 든다는 것을 이제야 알았다.

거기다 얼마 전 배우 김영옥 씨의 한마디가 나의 이런 생각에 쐐기를 박아주었다. 이제 막 앨범 활동을 시작한 가수가 두 주먹을 불끈 쥐며 "목숨 걸고 열심히 하겠다"라고 말하자, 옆에 있던 김영옥 씨가 어린 가수의 어깨를 토닥거리며 말했다.

"아유, 아가, 어디서도 목숨은 걸지 마라."

그 말에 함께 있던 패널들이 와하하 웃었지만, 노배우의 말은 며칠이 지나도록 가슴에서 내내 떠나지 않았다. 어머니와 남편의 애정 어린 잔소리도 겹쳐졌다.

　"얘, 힘 좀 아껴 써."

　"여보, 이리 와서 좀 누워."

　이제는 그들이 말하지 않아도 나는 내 힘을 아낀다. 소중한 나의 힘을.

(서로에게)

아기가 되세요

나는 어릴 때부터 다른 사람에게 의지하기를 어려워했다. 부모님한테도 거리감이 있어 편안하게 느껴지지 않았고 친구도 꽤 있었지만 어느 선 이상 가까워지지 않았다. 내 성향이려니 생각하고 받아들이려고 해도 외로운 마음이 드는 것은 어쩔 수 없었다. 부모나 친구들과 정서적으로 긴밀한 유대감을 가진 사람들이 세상에서 가장 부러웠다. 돈독한 인간관계 속에서 살아가는 사람을 나도 모르게 우두커니 쳐다보게 되는 것도 사실이다.

나는 인간관계를 잘 유지하고 싶고, 사람도 좋아한다. 그래서 내가 택한 방법은 '언니 노릇'이었다. 내 나름의 생존 전략이었다. 나와 상대를 동등한 관계에 두지 않고 상대를 중심으로 관계를 맺는 것이다. 대화의 소재도 상대를 중심으로 이어갔다. 내 이야기나 고민이 메인 무대로 올라오는 경우는 별로 없었다. 그렇게 해야 내 마음이 편했고, 관계 맺기도 수월했다.

그러나 내 성향이 진짜 언니 노릇을 하는 것에 최적화되었는가 생각해보면 그렇지 않다. 나는 그저 인간관계를 잘 맺기 위해 그런 역할을 자처한 것에 불과했다. 그러니 사람들을 만나도 내 욕구가 채워지지 않았고 늘 외로운 기분을 떨칠 수가 없었다. 그런 나의 감정을 정면으로 맞닥뜨린 것은 몇 년 전에 받은 그림 심리 검사에서였다.

강사는 가족을 동물로 표현해서 그려보라고 했다. 나는 나와 남편을 말과 양으로 그렸다. 말은 오른쪽으로 달리고 있고, 양은 왼쪽에서 그런 나를 바라보는 그림이었다. 나는 그 그림을 그릴 당시, 말(나)이 날뛰어도 양(남편)이 꼭 붙어 있을 거라는 마음이었다. 그 검사는 그룹으로 진행되었고, 잠시 뒤 상담 전문가가 한 명 한 명의 그림을 해석해주었다. 내 차례가 되자, 그분은 내가 남편과 거리감이 좀 있어 보인다고 말했다. 나는 적잖은 충격을 받았다. 아니, 충격이라기보다는 슬펐다는 말이 더 정확하다. 사랑하는 남편에게조차도 거리감이 있다니, 나는 아무하고도 정서적으로 가까워질 수 없나 좌절하는 마음이 들었다. 집에 돌아가는 길에 함께 그룹 상담을 받은 사람에게 넋두리를 늘어놓기도 했다.

"저는 남편과 사이가 좋다고 생각했는데 그림 결과가 그렇게 나오니까 어떻게 해야 좋을지 모르겠어요."

그런데 시간이 지날수록 상담가의 말이 맞을지도 모른다는 생각이 들었다. 지금껏 부모나 가까운 사람에게도 의지하지 못하고 거리감을 느껴왔는데, 남편이라고 다를까 싶었다. 당시 남편과는 연애와 결혼생활을 다 합해도 7년이 좀 넘은 시점이었다. 내 안에 자리 잡은 단단한 마음의 가림막은 쉽게 무너지지 않는다고 생각하니 도리어 마음이 편해졌다. 변화는 그때를 전후로 시작되었다. 나는 슬슬 집에서 아기 노릇을 하기 시작했다. 하루에 한두 번은 꼭 그렇게 남편에게 징징대거나 어리광을 부렸다.

그전에도 다른 사람들보다 남편에게 솔직한 편이었다. 그 사람 앞에서는 울기도 많이 울었고, 내 본심을 많이 꺼내 보이기도 했다. 그에게 말하지는 않았지만 평생 꼭 한 번 가져보고 싶었던 단짝 친구 같다는 생각이 들기도 했다. 그런데 단짝 친구를 넘어 온갖 아기 짓을 하는 내 모습에 놀라기도 여러 번이었다. 마음속에서는 '아, 나도 드디어 마음 편안한 사람이 생겼어. 너무 좋다' 하다가도 '아니. 의지하면 안 돼. 지나치게 의지하면 어른이 아니지'라는 두 목소리가 번갈아 소리를 냈다. 그런 생각이 올라오면 아기 짓을 하다가도 각성했다는 듯 "나 왜 이러냐" 하면서 머쓱한 웃음으로 때우기를 여러 번이었다.

그렇게 나는 태어나서 처음으로 겪는 인간관계에 적응하는 중이었다. 나 아닌 다른 사람이 이렇게 편안할 수 있다는 것 한 가지만으로도 신기했다. 눈치가 안 보이고, 그가 화를 낼까 봐 걱정하지 않아도 되며, 무슨 문제가 생기든 해결할 자신이 있는 관계, 무엇보다 믿을 수 있고 마음에 의지되는 최초의 관계였다. 그럼에도 자꾸만 안 하던 짓을 하는 나 자신이 너무 어색하던 차였다.

어느 날, 한 방송에서 가수 박선주와 셰프 강레오가 아홉 살 난 딸아이와 식사하는 장면이 나왔다. 강레오는 밥과 반찬을 딸의 입에 계속 넣어주고 아이는 입을 벌려 받아먹었다. 그것을 본 엄마 박선주는 "애가 몇 살인데 밥을 먹여주나"라며 어이없어 했다. 부부는 서로 다른 육아 방식을 고민하고 있었고 이를 정신건강의학 전문의 오은영 박사에게 상담을 청하러 그 방송에 출현한 참이었다. 오은영 박사가 가족의 모습을 다 보더니 이렇게 말했다.

"아이는 정서도 잘 발달됐고 다른 사람에 대한 배려심도 좋고 마음도 잘 이해해요. 남한테 지나치게 의존적이지도 않아요. 그래서 걱정할 필요가 없어요. 아빠와의 관계에서 보이는 것은 일종의 어리광이에요. 어리광은 늘 그러지 않으면 정상 퇴행에 들어가요. 저 같은 사람도 집에 가면 남편한테 "여보, 나 힘들었쩡"이라고 합니다. 유일하게 남편한테 그럽니다."

어리광이 편안하고 가까운 사람을 통해 스트레스와 긴장을 푸는 정상적인 퇴행이라는 전문가의 설명을 들으니 마음이 한결 편안해졌다. 그런데 재미있는 것은 남편도 나에게만은 어리광을 부린다는 점이다. 나 또한 자연스럽게 남편의 정상적 퇴행을 받아준다. 그렇게 우리는 '우쭈쭈' 안에서 행복을 느낀다.

(나 자신에게)

유리하게 사세요

과거 〈남자의 자격〉이라는 방송 프로그램에서 연예인들을 모집하여 합창대회에 도전하는 과정을 처음부터 끝까지 보여주었다. 80여 명이 넘는 지원자들의 오디션을 치르고 합격자를 발표하는 날, 연예인이 한 명씩 호명되어 들어왔다. 한 연예인이 환한 미소를 지으며 들어오자 합창단의 지휘자 겸 책임자인 박칼린이 사람들에게 물었다.

"저분은 왜 합격했을 것 같으세요?"

그러자 다른 단원이 말했다.

"노래를 너무 잘했고 성격도 좋잖아요. 그래서 합창단에 활력소가 될 것 같아서요."

박칼린은 그의 말에 고개를 여러 번 끄덕이며 대답했다.

"정확합니다! 그리고 되게 성의껏 할 것 같아요. 그냥 재미로가 아니라."

이 합창단의 심사 기준은 노래에만 있지 않았다. 합창단이니 노래 실력을 중요하게 보았지만, 그것이 절대 기준은 아니었다. 노래를 아무리 잘해도 성격이나 성향이 합창단과 맞지 않으면 합격에서 제외했다. 합창단에 어울릴지, 다른 사람들과 호흡을 맞출 수 있을지, 자기 색깔을 버릴 수 있는지, 합창단 연습에 성실할 것인지 등을 깊이 숙고했다. 여하튼 지원자들의 성격이나 태도에 상당히 무게를 두고 평가하는 듯했다. 한두 달 활동하는 임시 합창단 단원을 뽑는 데도 "이 사람이 사람들과 잘 어울려 노래할 수 있을까?"라는 부분은 아주 중요하게 평가됐다.

우리는 태어나서 죽을 때까지 사람들과 어울리며 살아간다. 그리고 끊임없이 낯선 집단과 만나게 된다. 태어난 가정에서 학교로, 학교에서 사회로, 때로는 다른 가정으로, 새로운 사회와 집단과 모임들로 이곳저곳 계속 옮겨 다닌다. 공간의 이동, 소속의 변화, 달라지는 규칙들 속에서 무수한 사람을 만나고 헤어진다. 임시 합창단 단원이 되는 일처럼 어떤 목적을 가지고 잠시 연을 맺는가 하면, 계속해서 바뀔 수밖에 없는 만남, 평생 이어지는 인연도 있다. 어쩌면 우리 인생은 타인을 상대하는 일의 연속인지도 모르겠다.

대면과 접촉이 줄어든 시대라고 하지만, 사람들은 어떻게든 다른 사람들과 연결되려고 애를 쓴다. 때때로 외로움이나 고립이 나쁠 건 없지만 그것을 평생 감당할 수 있는 사람은 흔치 않다. 입버릇처럼 "나는 사람 만나는 것을 별로 좋아하지 않아"라고 말하는 사람조차 어떤 방식으로든 사람들과 연결되어 있으려고 한다.

내 주변에도 항상 사람 만나는 게 힘들다고 말하는 이가 있는데, 그의 삶은 말과 전혀 다르다. 그는 늘 사람들 속에 있다. 그것은 인간의 기본 본능이자 최소한의 안전이다. 하다못해 거리에 나가 우두커니 사람들을 바라보는 일도 내가 인간 세상에 속해 있다는 최소한의 안도가 아닐까? 그렇게 보면 SNS에 글을 쓰는 일은 지금 이 세상에서 "나는 당신과 연결되어 있고 싶어요"라는 꽤나 적극적인 표현 방식일지도 모른다.

본능에 가까운 '연결'이 때로는 우리를 위협하기도 한다. 사람들과의 만남이나 어울림 속에는 크고 작은 갈등이 연속해서 일어난다. 함께 어울려 잘 살고 싶고 그것이 삶을 가장 안전하게 만든다는 것을 알면서도, 갈등이 생기고 상처를 받는 일이 반복되다 보면 부정적인 감정에 빠지게 된다. 때로는 삶의 의미를 놓아버리고, 무력감에 빠진다. 그럴 때 누구는 파국으로 치닫고, 누구는 포기하고, 누구는 관계를 다시 세우기 위해 여러 가지 시도를 한다. 그런 주변인들을 지켜보면서 한동안 이런 생각에 빠져 있었다.

'왜 누구는 그 큰일을 당하고도 잘 살아가는데 누구는 계속해서 그 갈등과 고통을 끌어안고 사는 것일까?'

크고 작은 사건이나 갈등, 때로는 큰 봉변을 당하고도 얼마간 시간이 지나면 본래의 모습으로 돌아오는 사람들이 있다. 그 속마음을 일일이 알 수는 없지만, 그들은 적어도 다시 웃는다. 다시 웃는 이들에게는 공통점이 있다. 그들은 사람들 속에 살면서 자신에게 무엇이 더 유리한지 판단한다. 그래서 심각한 갈등이나 고통을 겪었을지라도 자신에게 유리한 것을 선택한 다음, 나머지는 다른 사람들에게 조금쯤 양보하고 사람들 속에서 다시 살아간다. 그들은 전혀 희생적이거나 이타적인 성격이 아니다. 오히려 무엇이 더 유리한지 잘 계산하는 약삭빠른 성격에 가깝다. 그러나 누구도 그들을 그렇게 평가하지 않는다. 오히려 지혜롭다고, 인내심이 많다고 여긴다.

그들은 자신에게 유리한 것을 스스로 선택했기 때문에 적어도 남에 대한 원망이나 억울함이 덜하다. 다른 사람에게 양보하고 희생해도 그 또한 자신의 선택이기 때문에 그것에 대해 생색을 내지 않는다. 희생이라고 생각하지도 않는다. 이것이 그들이 다시 웃을 수 있는 힘이다.

그럼 나에게 유리한 것은 무엇일까? 또 그것을 어떻게 찾을 수 있을까? 바로 사람들 속에서 스스로가 원하는 한 가지, 또는 자신에게 가장 중요한 그 하나를 알아야 한다. 열 가지가 아니라 딱 한 가지다. 나머지 아홉 가지에 욕심이 나더라도 그냥 두거나 다른 사람에게 주어야 한다. 사람들 속에서 갈등이 일어나는 이유는 자신이 원하는 것을 잘 몰라서 무작정 두 개 이상을 가지려고 하기 때문이다. 그러나 본인에게 유리한 것은 두 개를 갖는 것이 아니고, 꼭 필요한 한 가지를 챙기는 것이다.

이것도 갖고 싶고 저것도 갖고 싶어서 사람들과 갈등하다가 아무것도 가지지 못하는 사람, 자신이 원하는 것을 알지 못해 허둥대는 사람, 어중간하게 희생하다가 남을 원망하는 사람은 행복해지기 어렵다. 그러니 내 것 하나를 살뜰히 챙기고 나머지는 다른 사람에게 내어주거나 다른 사람이 가질 수 있게 도와주는 것이 나 자신에게 훨씬 유리한 삶의 방식이다.

친절이야말로 인간이 가진 것 중 최고의 자질이다.

용기나 관대함이나 다른 무엇보다 더.

당신이 친절한 사람이라면, 그걸로 됐다.

● 로알드 달

생각대로

3장

일이
잘 안 풀릴 때

나는 왜 그 일에

(꼼꼼해지는가)

여름이 시작될 무렵, 어머니와 동생, 나까지 셋이 교외로 바람을 쐬러 갔다. 동생과 나는 약속이나 한 듯이 원피스를 사 입고 어머니와의 데이트에 임했다. 어머니는 딸들이 입은 원피스를 보고 일단 칭찬부터 했다.

"둘 다 원피스 입었네? 아주 예쁘다. 잘 샀어."

칭찬 다음에 어머니가 진짜 궁금한 게 나왔다. 원피스의 천을 번갈아 만져보면서 물었다.

"그런데 얼마 줬어?"

알고 보니, 동생 옷이 내 옷보다 1.5배 정도 더 비쌌다. 어머니는 고개를 끄덕이며 그럴 줄 알았다고 했다. 내 눈에는 별로 다를 게 없었다. 고가의 정장도 아니고 여름 한철 입는 롱 원피스에다가 색깔만 좀 다를 뿐 디자인도 거의 비슷했다.

"엄마, 한 번 보고 그걸 어떻게 알았어?"

"옷에 든 천의 양부터 다르잖아. ○○가 입은 옷은 어깨와 허리에 든 천이 네 것보다 많아. 여기 주름 잡힌 거 봐봐. 바느질 수고가 더 들었겠지? 그러니까 가격 차이가 나는 거야."

나는 그때서야 어머니가 짚어주는 손을 따라 동생의 원피스를 꼼꼼히 살펴보았다. 과연 그랬다. 물론 어머니에게는 보이고, 나에게는 안 보이는 게 당연했다. 그녀는 20년 넘게 재봉틀로 먹고살았던 경력이 있다. 이제는 재봉틀을 놓은 지 또 그만큼의 시간이 지났지만, 바느질에 관해서는 여전히 전문가의 눈을 갖고 있었다. 지금도 웬만한 것은 손바느질로 수선하는데 그 솜씨가 수준급이고, 옷을 살 때도 천과 바느질에 대해 까다롭기가 이루 말할 데가 없다. 그녀의 전문성이 어디에서 나오는지 묻는다면 단번에 말할 수 있다. 바로 '꼼꼼함'이다.

그에 비하면 나는 옷을 대충대충 고른다. 천이나 바느질은 커녕 디자인 취향이나 내가 옷에 쓰는 가격 범위에만 들어가면 거의 30분 내로 옷을 골라버린다. 그렇게 대충 고르니 어머니의 눈에 들기란 하늘의 별 따기다. 다른 건 몰라도 옷을 잘 샀다는 칭찬은 거의 들은 적이 없다. 그러나 그런 나에게도 꼼꼼함이 발휘되는 일은 있다. 누구에게나 그런 일이 있다.

내가 즐겨 봤던 〈삼시세끼〉라는 오락 프로그램을 보면, 배우 유해진과 차승원이 도시를 벗어나 직접 식재료를 수확해 밥을 지어 먹는데 둘의 역할은 확실히 나눠진다. 유해진은 식재료를 구하거나 집에 필요한 물건을 만들고, 차승원은 하루 세끼 음식을 준비한다. 이 둘의 꼼꼼함은 일을 할 때 확연히 차이가 난다.

특히 유해진이 집에 필요한 작은 물건을 만들 때마다 드러나는 치밀함과 준비성은 큰 재미로 꼽힌다. 그는 평소에도 집에 필요한 게 없나 늘 고민하고, 집 주변을 돌아다니면서 재료를 구한다. 그렇게 구한 재료로 작은 의자나 상을 뚝딱 만들어내는 모습을 보면 그 꼼꼼함에 감탄이 나온다. 그런 그가 차승원을 대신해 음식을 할 때는 어떨까? 물건을 만들거나 식재료를 구하러 밭이나 바다로 나갔을 때 보이던 집요함과 인내는 싹 사라지고, 무엇부터 시작할지 몰라서 엉거주춤하는 모습이 아주 재미있다. 빨리빨리 대충대충 요리를 끝내고 싶어 하는 그의 표정과 동작은 코믹하기까지 하다. 마치 옷을 대충 고르는 나를 보는 듯하다. 요리는 물론이고 주스 한 잔을 만들어도 꼼꼼하고 야무진 차승원과는 아주 대조적인 모습이다.

타고난 기질로 무슨 일이든 꼼꼼하게 하는 사람이 있다. 그러나 보통은 모든 일에서 꼼꼼함을 발휘하지는 못한다. 평소에는 실수도 하고 덤벙거리다가도, 어떤 일을 할 때에만 자기도 모르게 극도로 꼼꼼하고 까다로워진다. 지금 이 글을 읽는 여러분에게도 그런 일이 있을 것이다. 그 일이 무엇인지 몰라도 단언컨대, 그 일은 곧 당신 자신이다. 그 일은 당신의 어깨를 한 뼘쯤 으쓱 올라가게 할 것이고, 당신에게 몇 번쯤 작은 성취감을 주었을 것이다. 분명 당신이 좋아하고 당신을 행복하게 하는 일이다. 당신을 미소 짓게 하는 일이며 한때는 당신을 설레게 했을 것이다. 그렇게 되기까지 당신의 시간과 땀과 좌절이 그 속에서 소용돌이쳤겠지만.

자기 일에 만족하고 다른 사람에게도 인정받는 사람들이 공통으로 하는 말이 있다.

"좋아하는 것을 찾으세요."

이 말을 들은 사람들의 표정이 밝지만은 않다. 일단 '좋아하는 것'이라는 말이 추상적으로 들리기 때문이다. 누군가 나에게 좋아하는 것(일)을 어떻게 찾아야 하느냐고 묻는다면 이렇게 말하고 싶다.

"자발적으로 꼼꼼해지는 일을 찾으세요."

그런 일을 찾았다고 해서 단박에 성공한다는 보장은 없지만, 그 만남은 꽤 의미 있는 시작이다. 자기 자신을 아는 시작이기 때문이다. 자발적으로 꼼꼼해지는 일이 내가 잘하는 일이다. 내가 좋아하고 잘하는 일의 합집합인 '자발적 꼼꼼함'을 지금부터 찾아보자.

근처까지만 가세요

(목적지 말고)

　　20대 중반에 등산에 빠져 10년 가까이 산에 자주 다녔다. 한두 번 선배들을 따라가던 등산에 재미가 들어 시작했는데, 처음 1년 동안은 등산화를 사지 않았다. '내가 산에 몇 번이나 가겠어' 하는 마음이었다. 그렇게 동네 산을 주로 섭렵하다가 서울 인근의 유명한 산으로도 진출했는데 그때까지도 등산화를 사지 않았다. 여전히 내가 언제 등산을 그만둘지 모른다는 생각이었다.

　　그러다가 한 번은 평소 신고 다니던 단화로 눈 쌓인 겨울 관악산을 8시간 동안 종주한 일이 있었다. 아침에 모임 장소에 가보니 사람들은 등산화는 물론이고 아이젠에 겨울 등산복까지 잘 챙겨온 것이 아닌가. 그때서야 내 갈색 단화가 눈에 들어왔고, 처음으로 산에 올라가는 것이 두려워졌다. 지금도 그때 생각만 하면 아찔하다. 겨울 산을 집에서 입는 운동복에 단화를 신고 가다니. 운 좋게 사고 없이 산을 내려왔지만, 그 길로 나의 첫 등산화를 샀다. 이어 두 번째 등산화를 살 때까지 열심히 산에 다녔다. 여전히 나는 산이 좋았다. 등산화 값이 아깝지 않을 정도로 다녔다. 내친김에 등산 바지도 하나 사서 잘 입고 다녔다.

어떤 일을 하기 전에 그 일에 맞게 만반의 준비를 갖추고 시작하는 사람이 있다. 나쁘다는 말은 아니다. 눈 쌓인 겨울 산을 단화로 가는 사람보다 현명하다. 그런데 정작 시작은 미뤄두고 준비하는 데만 시간을 쓰고 있다면 다시 생각해볼 일이다. '정말 내가 이 일을 하고 싶은 것일까?' 하고.

물질적 장비든, 정신적 준비든 시작하기 전에 시간과 에너지를 너무 많이 쓰면 막상 우리가 진짜 원하던 것은 보지 못할 가능성이 크다. 남들이 좋다는 등산 장비를 갖추는 것보다 더 먼저 해야 할 일은 가까운 산을 이곳저곳 다녀보면서 등산이 재미있는지, 나에게 맞는지를 가늠하는 일이다. 남들이 백두대간을 종주하든 히말라야를 가든 또 기능성 좋은 장비를 사든 그것에 목표를 두지 말고 내가 지금 당장 할 수 있는 일, 즉 동네 산이나 인근 산 주변을 맴돌아보아야 한다. '거기'에 이르고야 말겠다는 거대한 목표를 세우지 말고 '근처'까지만 간다고 생각해보자. 목표를 확실히 잡고 그 꿈을 향해 달려도 좋지만, 매사 그렇게 하기에 사람의 기력은 한계가 있다.

한 번쯤 해보고 싶은 일, 또는 직업이나 꿈도 그렇지 않을까? 책에 실을 추천사를 부탁하러 무작정 방송국에 전화했다가 지금도 이어지고 있는 인연이 있다. 바로 장도훈(전 EBS PD) 선생님이다. 그는 교육이나 의학 관련 프로그램을 많이 만들었고 그중에서도 특히 사람의 진로와 직업에 관심이 많았다. 퇴직한 지금은 종종 학교나 도서관에서 진로에 대해 강의를 하는데, 그분이 항상 하는 말이 있다.

"강의 때 사람들에게 아는 직업을 써보라고 하면 몇 개 못 쓰세요. 부모님들도 마찬가지예요. 예를 들어, 선생님이라는 직업이 있다고 합시다. 선생이라는 직업 중에 학교 선생님만 아는 부모는 자녀에게 그것만 강요할 가능성이 큽니다. 하지만 세상에 얼마나 다양한 선생님이 있습니까? 수도 없이 많습니다. 그것을 알려줄 수 있어야 올바른 진로 교육입니다. 그래야 선생이라는 직업의 본질을 알게 됩니다. 학교 공무원 되는 게 선생이 아니라는 것을요."

그 말을 처음 들었을 때 감동보다 먼저 위로를 받았다. 나는 초등학교 때부터 한결같이 선생님이 되고 싶었다. 어쩌다 장래희망이나 꿈 이야기가 나오면 나는 꼭 이렇게 말했다.

"전 어렸을 때 선생님이 되고 싶었어요."

그리고 항상 '그러나 되지 못했고 지금은 다른 일을 한다'는 식으로 그 말을 마무리했다. 나 역시 '선생님은 학교 선생님'이라는 공식을 가지고 있었다. 그런데 장 선생님의 말대로 선생의 본질이 '가르치다'라면 나는 이미 꿈을 이룬 셈이었다. 나는 꾸준히 '선생'이라는 꿈의 주변을 맴돌고 있었다. 우연히 시작한 검정고시 봉사가 그러했고, 편집자의 경험으로 시작된 글쓰기와 출판 강의도 마찬가지였다. 그래서 이제는 '그러나'가 '그래서'로 바뀌었다.

"그래서 그 꿈을 이루려고 검정고시 봉사도 하고, 글쓰기 강의도 해요."

무슨 일이든 목표 지점을 딱 찍어놓고 시작하면 거기에 도달하지 못했을 때 실망하고 좌절을 겪는다. 그러니 목적지까지 가겠다고 결심하지 말고 우선 근처까지만 가보면 어떨까? 그저 주변을 서성여보는 것이다. 중요한 것은 한쪽 발만 담그더라도 일단 해보아야 한다는 점이다. 그러다 보면 목적지를 찍어놓고 달릴 때보다 훨씬 더 많은 것이 보인다.

막상 숲에 들어서보면 환상이 깨지는 경우도 많다. 그렇다면 오히려 다행이다. 그럴 때는 과감히 방향을 틀어버리면 된다. 다른 곳으로 가서 또 어슬렁거리자. 어슬렁거리며 근처까지 가보아야 자기 자신을 알 수 있다. 멀리서 준비만 하면 꿈의 실체는 잘 보이지 않는다. 그러니 등산을 하고 싶다면 동네 산부터 어슬렁거려보시기를.

모든 인생은 실험이다.

실험은 많이 할수록 더 나아진다.

●랠프 월도 에머슨

겉노력 말고,

(속노력)

살다 보면 노력을 해도 넘을 수 없는 산을 마주하게 될 때가 있다. 그런 산을 만났을 때 넘어야 하는 산인지 슬쩍 돌아가야 하는 산인지를 구분하는 방법은 무엇일까? 무슨 일이든 될 때까지 열심히 노력하기에 우리 에너지는 한정적이다. 때문에 그것을 반드시 넘고야 말겠다는 의지나 결심보다, 넘을 수 있을지 구분하는 판단력이 더 중요할 때도 있다. 노력이라는 성실함을 내세우다 엉뚱한 일에 힘을 잔뜩 빼앗길지도 모르니까.

자신이 넘을 수 있는 산인지 아닌지를 구분하기 위해서는 자기 자신을 객관적으로 파악해야 한다. 너무 현실적으로 볼 필요도, 그렇다고 너무 과대평가할 필요도 없다. 자기 자신을 너무 현실적으로만 보면 어떤 산 앞에서든 자신감을 잃고 자기 합리화에 빠져 노력하지 않고 회피할 가능성이 크다. 반면에 자기 능력을 지나치게 과신하거나 과대평가하여 무작정 달려들다가는 목표를 달성하지 못하는 자신을 학대하거나 자존감이 떨어질 가능성이 높다.

어디에 얼마만큼의 노력을 할지 선택하기에 앞서 내가 그 일을 진심으로 좋아하고 관심도 있는지 알아야 한다. 노력은 지속적일 때 빛이 난다. 노력을 이어나가는 힘은 본인의 관심과 애정뿐이다. 그래야만 결과가 기대에 못 미쳐도 과정에 만족하고 그 속에서 무엇이든 찾을 수 있다. 좋은 척, 억지로 노력하면 얻을 것이 별로 없다. 속으로는 하기 싫고 부정적인 감정이 계속 올라오는데 어쩔 수 없이 해야 하는 일이라면 '겉'으로만 노력하게 된다.

공부는 안 하면서 책상에 하루 종일 앉아 있거나, 근무 시간에 집중해서 일하지 않고 야근을 하는 것 모두 '겉노력'이다. 각자의 역할이나 직업에는 가장 중요한 의무가 있다. 선생은 학생을 잘 가르치고 의사는 환자를 잘 치료하고, 부모는 자녀를 양육하는 것이 각자에게 가장 중요한 역할이다. 지금 당장 자신이 해야 하는 일은 미룬 채, 불필요한 것에 더 신경을 쓰고 노력한다면 그 또한 겉노력이다.

이 같은 겉노력이 위험한 이유는 아이러니하게도 '내가 얼마나 열심히 노력했는데' 하고 비관하기 쉽기 때문이다. 속노력, 즉 진심으로 노력하는 사람은 실패하더라도 다시 일어서고, 실패 속에서도 무엇을 배웠는지 되새긴다. 또한 목표한 곳까지 가지 못하더라도 자신이 달성한 목표에 만족하고 감사하며, 다시 시작할 방법을 찾는다.

중학교 1학년, 영어 시간이었다. 나는 알파벳을 겨우 떼고 중학교에 입학해 영어의 글자 모양이나 발음에 아직 익숙하지 않았다. 영어 선생님은 첫 시간에 알파벳을 가르쳐주고 그다음 시간에 쪽지 시험을 쳤다. 시험 결과, 나는 반에서 5명 안에 들었다. 나머지 공부를 하고 재시험을 쳐야 하는 인원에 든 것이다.

중학교에 들어가 본 첫 시험에서 나머지 공부에, 재시험이라니 너무 창피했다. 하지만 그것도 잠시, 세 번째 시간부터 나는 그만 영어와 사랑에 빠지고 말았다! 발음이 귀에 착 감기는 느낌이 좋았고 새로 배운 단어를 자꾸만 쓰고 싶었다. 학교에 갔다가 집에 오면 그날 배운 영어 단어를 엄마에게 알려주었고, 영어를 모르는 엄마는 딸의 재롱이 귀여웠는지 잘한다, 잘한다해주었다. 그렇게 시작된 영어 사랑은 30년이 지난 지금까지 이어지고 있다.

영어를 잘하게 되었다는 훈훈한 마무리면 좋겠지만 영어에 관한 관심에 비해 내 영어 실력은 대단치 않다. 영미권 영화를 자막 없이 보는 것도 불가능하고, 강의나 대화도 전문적인 주제면 영 엉뚱하게 이해하곤 한다. 회사에서 외국인과 미팅을 할 때나 해외 연수를 갔을 때도 동료들에 비해 실력이 많이 떨어졌다. 영어 때문에 망신당한 에피소드도 꽤 있다.

그래도 나는 영어가 재미있다. 보통 그렇게 좋아하면 열심히 노력해서 적어도 자막 없이 영화를 볼 정도의 실력을 키우게 되지 않는가? 리스닝이든 스피킹이든 문법이든 어느 것 하나라도 성과가 있어야 하는 것 아닌가? 그러나 나는 천천히 노력하는 쪽을 택했다. 나 스스로와 환경을 고려해서 선택한 길이다. 매일 아침 30분씩 필리핀 선생님과 영어로 대화하는 것이 내가 지금 영어를 위해 유일하게 노력하는 부분이다.

그 노력이 마침내 빛을 발한 일이 최근에 있었다. 지인의 소개로 라오스 현지 대학교수들과 여러 교육 센터에서 근무하는 리더들에게 약 40시간의 출판 기획 강의를 하게 되었다. 한

국어를 전공한 라오스인이 통역을 맡아 함께 진행하는 거라 부담은 없었다. 그 일을 영어 선생님에게 말했더니 "강의는 한국어로 하고 나머지 말은 영어로 하면 어떨까? 그럼 학생들이 너와 더 이야기하려고 할 거야"라는 조언을 들었다. 하지만 그녀의 말대로 영어를 쓸 일이 있을까 싶었다. 강의를 진행하는 기관에서도 따로 영어 실력을 요구하지는 않았기 때문에 쓸 일이 없겠거니 생각했다.

그런데 영어 선생님의 말이 맞았다. 우리는 간단한 인사나 안부, 과제 발표, 리포트 제출과 피드백, 강의에 대한 질문과 답변을 할 때는 주로 영어로 소통했다. 그렇게 하지 않았다면 반쪽짜리 강의가 될 뻔했을 정도로 영어 소통이 활발했다. 그들은 모두 영어 실력이 나보다 나았으나 내가 가르쳐야 하는 것은 '영어'가 아니라 '출판 기획'이라고 생각하니 창피할 게 별로 없었다. 나는 이 일로 혼자 작은 축배를 들었다. 영어를 공부한 이래로 가장 보람되고 기쁜 일이었다.

영어 때문에 망신을 당하고 창피함에 얼굴이 뜨거워졌던 수많은 순간에도 내가 기죽지 않고 지금까지 작은 노력을 계속해나갈 수 있었던 이유는 그저 영어를 좋아하기 때문이다. 좋아하는 마음은 자기 자신만의 속노력을 지속하게끔 도와준다. 재미있어서 하는 것이니까 꼭 잘하지 않아도 좋다. 큰 목표를 가져도 좋고, 없어도 괜찮다. 목표를 크게 세우지 않아도 가다 보면 길이 나온다. 중요한 것은 오래 사랑할 수 있는 인내심이다.

보여주기식 겉노력은 에너지만 갉아먹을 뿐이다. 그런 것이 있다면 지금 당장 던져버리고 좋아하는 것에 물을 주자. 오래오래 천천히 속이 적셔질 때까지.

(어느 멀티태스커의

불행)

지금도 음악을 사랑하지만 학창 시절에는 음악이 인생의 8할을 차지했다. 모두 잠든 밤, 침대맡에 둔 기다란 카세트에 이어폰을 꽂고 들었던 수많은 음악들이 나의 정서를 길렀다고 해도 틀린 말이 아니다. 그러니 어디든지 가지고 다닐 수 있는 소형 카세트를 갖게 된 날을 어떻게 잊을까? 이 감격스러운 물건으로 내 돈 주고 처음 산 신해철 1집을 들은 날은 초등학교 수학여행 버스 안이었다. 신해철의 감미로운 목소리를 들으며 팔을 괴고 창밖을 내다보던 그 아릿하면서 쓸쓸했던 감정이 아직도 생생하다.

나는 그 소형 카세트로 온종일 음악을 들었다. 공부할 때,

책 읽을 때, 어딘가로 이동할 때도 늘 함께였다. 그러다 보니 공부를 하다 음악에 마음을 빼앗기고, 라디오 MC가 읽어주는 사연에 귀를 기울이다 책을 아예 덮어버리는가 하면 버스나 지하철을 타고 가다가 내릴 곳을 지나치기도 했다.

다시 말해 이것은 나를 멀티태스킹의 세계로 처음 데려다준 물건이기도 하다. 그 이전에는 멀티태스킹을 하려야 할 수가 없었다. 집 안의 모든 전자기기는 가족 공동의 소유물이라 혼자 독식할 수가 없었다. 꼭 전자기기로만 멀티태스킹을 하는 것은 아니지만, 그 문제가 심각하게 부각된 것이 전자기기들 때문이니 오명을 뒤집어쓸 수밖에 없겠다. 내 멀티태스킹의 시작도 어쨌거나 소형 카세트였으니 말이다.

그런데 책을 읽으며 음악을 듣는 게 멀티태스킹 축에나 들까? 요즘의 나를 보면 그건 멀티태스킹이라고 할 수도 없다. 전문가들에 의하면 껌을 씹는 단순한 동작도 다른 일과 동시에 하면 멀티태스킹이고 뇌에도 좋지 않은 영향을 미친다고 하지만, 컴퓨터에 스마트폰은 기본이고 거기다 태블릿PC까지 세워놓고 일하는 나를 보면, 음악 듣기는 애교 수준이 아니었나 싶은 것이다.

나는 일용할 양식을 준비하는 부엌에서도 멀티태스커가 된다. 부엌에서 시간을 길게 보내기 싫은 이유가 가장 크다. 그래서 짧은 시간 안에 많은 결과물을 보자는 분명한 목적의식을 갖고 아주 계획적으로 음식을 만든다. 가스레인지 두 구와 전자레인지를 동시에 사용하면서, 한쪽에서는 씻거나 썰고 설거지까지 한다. 음식을 하는 움직임만 보면 거침없는 주부 9단이지만 순전히 겉보기일 뿐, 맛은 맨날 들쭉날쭉 다르다. 맛도 맛이지만 문제는 쉬이 지친다는 점이다. 한두 시간이면 재료 손질부터 완성까지 네댓 가지 음식을 동시에 만들어서 시간 절약은 되지만, 다 하고 나면 어찌나 몸이 피곤한지 녹초가 된다. 그래서 그런가, 원래는 음식 만들기를 좋아했는데 요즘은 여간 부담스럽지 않다.

일을 할 때도 마찬가지다. 한때 일의 속도로 치면 나를 따라올 사람이 없었다. 한 번에 여러 일을 동시에 하고 다양한 종류의 일들을 해내는 멀티태스커였다. 나는 내가 일의 순서를 잘 매기고 나름대로 일들의 스위치를 각각 잘 켜고 끈다고 생각했다. 힘에 부칠 때도 많았지만 피로는 성취감에 가려져 그냥저냥 넘어갔다. 이론에 의하면, 여러 가지 일을 하더라도 스위치를 잘 조정하면 뇌를 손상시킬 정도의 위험한 멀티태스커에서는 비껴갈 수 있다고 한다. 그러나 내 생각에는 아무리 스위치를 잘 켜고 꺼도 언젠가는 한계가 오는 듯하다. 갈수록 집중력과 에너지가 떨어져서 새로운 일을 시작할 때 여전히 앞서 하던 일에서 벗어나지 못하는 나를 발견하는 걸 보면 말이다.

나의 이런 성향 때문에 동료와 갈등을 겪기도 했다. 그 친구는 한 번에 한 가지 일에 몰입하는, 해야 할 일은 하나씩 순서대로 해나가는 성향이었다. 양극단에 있는 둘이 한 팀에서 만났으니 거기서 일어난 갈등을 굳이 설명하지 않아도 예상이 될 것이다. 한쪽이 다른 한쪽을 답답해하거나, 반대로 숨 막혀 하면서 서로 불편한 채로 몇 년을 함께 일했다. 그런데 수년이 지난 지금, 그가 일하는 방식이 뇌를 덜 혹사시킨다는 것을 내 몸이 알아차리고 있다. 기억력이 점점 감퇴하고 잘 끄고 켜던 스위치도 말을 듣지 않기 시작했다. 동시에 몇 가지 일을 할 수 있던 에너지가 바로바로 충전되지 않는 걸 보면 이제는 하고 싶어도 할 수 없게 되었나 싶다.

스탠퍼드 대학교의 뇌 분야 연구팀에 의하면 멀티태스커들은 '오래됐지만 귀중한 정보'보다는 무조건 '새로운 정보'만을 찾는 경향이 있다고 한다. 매 순간 생기는 새로운 정보를 누가

3장 | 생각대로
일이
잘 안 풀릴 때

더 잘 찾느냐에 따라 생존의 갈림길이 나뉘는 현대인들에게 멀티태스킹은 불가피하다. 그 많은 정보들을 다 보기가 어려우므로 친절한 큐레이션 플랫폼을 몇 개씩 구독하지만 그마저도 감당이 어렵다. 어떨 때는 그것들이 나를 향해 일제히 우르르 돌격하는 느낌마저 들어 공포스럽기까지 하다.

인류 역사상 한 개인이 가진 정보의 양이 이렇게 거대했던 적은 없다. 그러나 사람들은 자신이 가진 정보의 양에 절대 안주하지 않는다. 내가 모르는 또 다른 게 있을까 봐, 다른 사람이 더 좋은 것을 갖고 있을까 봐 불안하기 때문이다. 그래서 다들 멀티태스커의 삶을 더욱 당연하게 받아들이는 것 아닐까?

멀티태스커의 끝은 어디일까? 이제 와서 소형 카세트로 음악을 들으며 책을 읽던 '마음 편안한 멀티태스커'로 돌아갈 수는 없다. 그러나 '불행한 멀티태스커'가 되기도 싫다. 그래서 내 결심은 이렇다. 두 대 이상의 전자기기 켜지 않기, 무시로 울리는 메시지에 여유를 갖고 답변하기, 일의 가짓수 줄이기, 글 쓸 때는 음악 끄기, 한 번에 두 가지 이상의 음식 만들지 않기 등 여기에 다 쓰기에는 아주 자질구레한 것들이다.

운전을 하면서 수학 문제를 풀어도 주행에 문제가 생기지 않는 소수의 슈퍼태스커도 있다고 한다. 멀티태스킹의 부작용을 온전히 겪고 있는 내가 슈퍼태스커가 아닌 것만은 확실하니, 이제 내 살길을 찾아야겠다. 적어도 나의 뇌가 힘들어하는 일은 하지 않겠다. 뇌가 불행한 것은 우울과 불안으로 가는 지름길이니까.

(걱정하시라,)

차라리 노래하듯

남편은 걱정 많은 나와 어머니, 시어머니, 세 여자를 이렇게 부른다.

"우리 걱정 공주님들, 또 시작하시네."

셋 다 그 말에 웃고 말지만 사실 우리의 걱정 수준과 빈도는 좀 심각하다. 좋게 말해 걱정이지 일어나지 않을 일들을 창작하는 수준이 타의 추종을 불허한다. 나도 그녀들 못지않게 걱정 실력이 뛰어나지만 다행히 셋 중에서는 아직 좀 뒤처진다. 그래서 걱정 많은 그녀들과 선을 그으며 되레 그녀들을 구박한다.

"아이고, 무슨 그런 걱정까지 하세요. 왜 걱정을 사서 하는지 모르겠어."

내가 이런 말을 할 때마다 그녀들은 겸연쩍게 웃거나, 걱정만 하는 당신들을 미련하다고, 왜 그러는지 모르겠다며 당신들의 어수룩함을 금세 인정한다. 그러고는 여전히 무슨 일에든 마치 노래를 부르듯 걱정을 해댄다. 듣다 보면 실현 가능성이 전혀 없지도 않아 그녀들의 뒤를 이을 나로서는 그런 걱정들이 쉽게 전이되어 같이 불안해지기도 한다. 황당한 걱정, 웃긴 걱정, 위험한 걱정, 하지 않아도 될 걱정까지 레퍼토리도 참 다양하다. 자기 자신에 대한 걱정은 물론이고, 배우자와 자녀, 손주들, 친척의 대소사와 이웃의 일, 지나가는 사람들, 드라마 속 주인공 인생까지 세상의 온갖 짐을 다 짊어진다.

그런데 신기한 것은 막상 걱정에 상응하는 일이 실제로 생기면 그 두 사람이 누구보다 의연하고 침착해진다는 점이다. 그렇게 걱정하고 불안해하던 그녀들이 안면을 싹 바꿀 때면 묘한 배신감이 들 정도이다. 게다가 걱정 없이 마음 편하게 살던 다른 식구들이 허둥지둥하고 심각해질 때가 되면 그녀들은 이미 저만큼 앞서가 있다. 일 처리도 빠르고 상황 이해도 정확한 것을 보면 깜짝 놀랄 지경이다. 심각한 얼굴과 불안한 눈빛은 깨끗이 사라지고 새 얼굴, 새 마음으로 단장하여 문제를 해결하는

데 초점을 맞추고 앞으로 달려 나가는 그녀들. 그렇게 불안해하던 걱정 공주님들이 맞는가 싶다.

걱정 많은 그녀들의 뒤를 따르고 싶지 않은 나는 남편처럼 천하태평하게 사는 쪽으로 노선을 틀고 싶었다. 그러나 성격이 쉽게 바뀔 리 없다. 결국 천하태평은 직성에 맞지 않아 일찌감치 포기하고 차라리 그녀들의 걱정을 연구하기로 마음먹었다. 그녀들의 걱정은 정체가 무엇일까? 걱정을 사서 하다가 어떻게 그렇게 재빨리 얼굴을 바꾸는 것일까? 그 답은 아주 가까운 데 있었다.

그녀들은 걱정을 내뱉으며 자신들의 불안을 잠재우는 것이었다. 자신을 보호하는 일종의 의식처럼. 그럼 막상 일이 터지면 누구보다 차분하고 냉정해지는 태도는 어떻게 해석해야 할까? 그녀들은 실제 불행은 자신들이 하는 걱정보다 작음을 알고 있는 듯하다. 자신들의 걱정 세계에서는 더 크고 무시무시한 일들이 일어나니 말이다. 그 무수한 상상 속에서 예행연습을 하는 사람들을 '걱정 공주'라고 놀리며 힘없고 연약하게 보았으니 몰라도 한참 몰랐던 거다. 그러고 보면 어릴 때부터 우리가 봐온 그녀들은 먼저 쓰러진 적이 없었다. 가족 중에서 언제나 가장 강했다.

강하다는 것은 무엇일까? 평소에도, 위기 상황에서도 늘 의연하게 받아들이는 것이 강함일까? 그런 사람은 없다. 그녀들처럼 자신의 불안을 토로하고 덜어내면서 평소에 힘을 조금씩 비축해놓는 것이 강함 아닐까? 자신의 불안과 걱정을 솔직하게 입 밖으로 꺼낼 수 있는 것이 진짜 강함이다. 자신의 걱정과 불안을 과감히 인정해버리는 것, 강하고 멋있는 척하지 않는 것이야말로 강함이다.

이렇게 생각해보니 그들이 말도 안 되는 걱정을 할 때 속으로 왜들 저러나 한심해했던 것이 좀 미안해진다. 그들 나름대로 자신들의 마음을 치유하는 중이었는데 말이다.

사람들은 걱정 많은 사람들에게 "네가 걱정하는 일의 90퍼센트는 일어나지 않는다"라고 위로한다. 걱정할 필요 없으니 편하게 살라는 뜻이다. 그러나 그들도 그런 것쯤은 알고도 남는다. 인생에서는 걱정하지 않았던 일, 전혀 생각지 않았던 일이 빈번하게 일어난다는 것도 알고 있다. 그럼에도 그들이 계속 걱정하면서 사는 이유는 능력 밖의 일이 일어났을 때 너무 슬퍼하지 않기 위해서, 또 일어나지 못할 만큼 쓰러지지 않기 위해서 하는 예행연습인지도 모른다. 나의 어머니들이 하는 예행연습

또한 힘들고 고됐던 그들의 지난 인생을 지켜주는 버팀목이었을 것이다.

걱정도 나 자신을 지키는 주문이 되어준다면, 그녀들처럼 피하지 말고 나오는 대로 마음껏 해보는 것은 어떨지. 여러분을 걱정하는 누군가를 속단하거나 우습게 보지 말자. 나도, 여러분도 누군가의 끊임없는 걱정 속에서, 아니 그들의 끊임없는 주문과 보호 속에서 이만큼 자란 존재니까. 자, 그러니 우리도 마음껏 걱정하고 노래 부르듯 하는 그녀들의 걱정을 닮아버리자! 막내 공주인 내가 그녀들의 가르침대로 멋들어진 걱정 계보를 잘 이어갈 수 있을지는 앞으로 지켜볼 일이다.

고뇌는 철저하게 경험하는 것에 의해서만
치유될 수 있다.

●마르셀 프루스트

나는 오늘도 (작아집니다)

초등학교 때 쓴 일기장을 보면 서른 살까지 내가 가야 할 길과 포부가 원대하게 적혀 있다. 나는 어릴 때부터 상상 속에서 별의별 것들을 다 이뤄냈다. 그 속에서 나는 언제나 크고 유명한 사람이었다. 꿈속에서라도 크게 되고 싶었다. 그러다 보니 내가 너무 부풀려져 허황하다 못해 엉뚱하고 이상스러운 꼴이 되곤 했다. 그런데 지금은 그런 큰 꿈을 꾸고 싶어도 잘 그려지지 않는다. 상상이 안 된다는 것만큼 불행한 일도 없는데, 이제는 그런 꿈이 잘 꿔지지 않는다.

어린이들이 꿈을 크게 꿀 수 있는 이유는 그들의 상상력과 순진무구함에도 있지만, 자기 탐색기라 스스로에 대해 잘 모른다는 면도 작용한다. 성인인 우리가 현실 속에서 꿈을 크게 꾸기란 쉽지 않다. 사람들은 점점 작아지는 현실을 받아들이면서도 한편으로는 작아지는 자기 자신 때문에 좌절하고 위축되곤 한다.

그러면서도 큰 사람이 되고 싶은 마음만은 끝까지 버리지 않는다. 지식이 많든, 돈이 많든, 명예가 있든, 재능이 있든, 유명하든, 사람들에게 주목을 받든, 좋은 부모를 두었든, 자식이 잘되든 해서 남들보다 머리 하나쯤 크기를 바란다. 많은 것을 바라는 게 아니라고, 그저 보통만, 남들 하는 만큼만 살면 좋겠다고 말하지만, 실은 그게 다 남들보다 크고 싶은 마음이다.

사람은 누구나 남들보다 조금이라도 위에서 아래를 바라보고 싶어 한다. 이 마음은 누구도 예외가 없다. 사람들 속에서 살아가는 이상 당연히 드는 마음이다. 자신은 그렇지 않다고 여기는 사람이 오히려 솔직하지 못하다. 매일 책을 읽고 공부하여 지식으로 무장하고 이를 통해 남들보다 앞서고 싶은 욕망이나, 돈 한 푼에 바들바들 떨면서 돈 모으기가 유일한 낙인 사람의 욕망은 별로 다르지 않다. 남들보다 머리 하나만큼 더 높이서 세상을 보려는 마음에서 보면 똑같다. 그런데 문제는 생각했던 것만큼 자신이 큰사람이 되지 못했을 때 피어나는 부정적인 마음이다. 주변 사람들은 매일 크고 있는데 자기 자신은 늘 제자리인 것 같을 때 드는 생각은 한 가지뿐이다.

"나는 왜 맨날 이 모양, 이 꼴일까?"

드라마 〈브람스를 좋아하세요?〉는 주인공 채송아가 다른 전공을 하다가 바이올린이 좋아서 뒤늦게 음대에 진학해서 겪는 이야기이다. 남다른 재능이 있는 것도 아니고 어린 나이부터 시작되는 음대 정규 코스를 밟지도 못한 그녀가 바이올린 세계에 제대로 발을 들여놓기란 녹록하지 않았다. 그래서 그녀의 용기 있는 모습도, 온갖 무시와 열등감을 견디는 모습도 뭉클하게 다가온다. 드라마 속 송아의 모습은 누구나 한 번쯤 꿈 앞에서 겪어야 하는 시련이기도 하다. 이 드라마는 역경을 견뎌낸 끝에 성공한 바이올리니스트 채송아의 이야기로 끝나지 않는다. 그녀는 바이올린과 헤어져 클래식 공연을 기획하는 회사로 들어간다. 그런데 면접 자리에서 상사가 그녀의 마음을 아는 듯 이렇게 말한다.

"송아 씨, 음악 용어 중에 크레셴도라는 말… '점점 크게'라는 뜻이잖아요. 점점 크게라는 말은… 반대로 생각하면, 여기가 제일 작다는 뜻이기도 해요. 여기가 제일 작아야 앞으로 점점 커질 수 있는 거니까. 15년 전에… 내가 우리 재단 면접 봤을 때 이사님이 해주셨던 말씀이에요. 그때 나는 피겨 그만두고 자신감이며 자존감이 바닥으로 떨어져 있었는데… 이사장님이 이 말씀을 해주셨었어요. 내가 제일 작은 순간이, 바꿔 말하면 크레셴도가 시작되는 순간이 아니겠냐고요."

상사 역시 큰 꿈을 포기해본 사람이었다. 그래서 바이올린을 접고 새로운 일을 시작하려는 송아의 마음을 헤아렸고, 송아도 그녀의 진심이 느껴졌는지 눈물이 그렁그렁했다.

어렸을 때 품었던 꿈의 크기가 나이가 들면 자연히 쪼그라든다고 생각하지 말자. 작아지도록 내버려두지 말고, 스스로 작아져야 한다. 자신의 꿈을 작게, 더 작고 단단하게 다듬는 것은 세상을 살아가는 또 다른 방법이다.

네 아들을 신부로 길러낸 이춘선 여사는 막내아들이 신부가 되던 날 그가 어릴 때 입었던 아주 작은 스웨터와 편지 한 장을 건넸다고 한다. 이 편지에는 이렇게 쓰여 있었다.

"사랑하는 막내 신부님, 신부님은 이렇게 작은 사람이었음을 기억하십시오."[1]

크레셴도에 대해 말한 작가의 의도도, 네 아들을 신부로
길러낸 어머니의 당부도 크기 위해 작아지라고 한 말은 아닐
것이다. 작아지는 데는 그것만의 뜻이 있기 때문이다. 작아져
야 할 순간에 최대한 작아져보는 것, 그래도 괜찮다는 것을 말
해주는 듯하다.

나는 꿈을 잔뜩 품었던 어린 시절을 사랑한다. 허황하고도
무지하게 컸던 그 상상 속에서 나는 행복했으니까. 그때는 커
질 수 있어서 좋았고, 지금은 스스로 작아질 수 있어서 다행이
다. 나는 요즘 더 작아질 궁리를 한다. 작아지는 데도 아이디어
가 필요하다. 덩치를 키우지 말고 내실을 다지고 싶다. 꿈의 내
실을.

1   이춘선, 『네 신부님의 어머니』,
바오로딸, 2017

생각과 감정에서

('사실' 떼어내기)

사람은 언제 공포와 두려움을 가장 크게 느낄까? 바로 다른 사람들 앞에서 말을 할 때라고 한다. 나는 어릴 때부터 말을 더듬는 증상이 있었다. 말더듬증은 유전적인 요인과 뇌 기능에 장애가 있는 경우로 나뉘는데, 아버지와 사촌 하나도 같은 증상이라 나는 아무래도 유전적인 요인 쪽인 것 같다. 따로 검사나 치료를 받아보지는 않았지만, 10대 때보다는 20, 30대 때가, 30대보다는 40대에 증상이 더 호전되었다. 완벽하게 나아진 것은 아니고 여전히 긴장이나 흥분을 하거나 이유 없이 일시적으로, 또는 특정 발음을 할 때 말을 더듬는다.

그래서 10대 때는 학교 수업 시간에 책을 읽고 발표하거나 친구들과 언쟁이 붙으면 말을 더듬는다는 이유로 위축이 되었다. 필요 이상으로 긴장을 하고 불안을 쉽게 느끼니 부정적인 감정에서 벗어나기가 쉽지 않았다. 대학 때는 큰 어려움을 모르고 지내다가 직장 생활을 하면서부터 다시 힘든 상황에 놓였다. 앞에 나가서 발표하고 강의를 해야 하는 일이 자주 생겼기 때문이다. 내가 선택한 길이지만 의도치 않게 주어지는 상황도 많았다. 한동안 청심환 같은 약을 달고 살았고 일을 망치면 망치는 대로, 말을 더듬으면 더듬는 대로 창피를 당할 수밖에 없었다.

발표를 앞두면 극도의 긴장 상태였다. 남들처럼 발표를 멋지게 해내고 인정받고 싶은 마음이 컸기 때문이다. 그러나 여지없이 강의에서 말을 더듬었고 그것 때문에 준비한 내용을 제대로 전달하지 못했다는 생각에 발표나 강의가 끝나고 집에 돌아오면 초주검이 되었다. 집에 돌아오는 길에도, 집에 도착해서도 그날 일을 복기하면서 부정적인 감정에 오래오래 시달렸다. 이것이 나의 패턴이었다.

그러나 세월이 지나면서 이런 부정적인 생각에서 조금씩 놓여나기 시작했다. 발표나 강의 전에 지나치게 긴장을 하여 말을 더듬고 끝나고 나면 다시 부정적인 감정에 휩싸이는 패턴은 비슷했지만, 그 강도가 점점 약해졌다. 언제부터였나 생각해보니 '사실을 있는 그대로' 받아들인 다음부터였다.

언젠가부터 나는 여기저기에 스스럼없이 나의 말더듬증을 밝히고 다녔다. 처음보다는 그다음이, 두 번째보다는 세 번째가 입에서 더 잘 나왔다.

"몰랐어? 나 어렸을 때부터 말 더듬었잖아."

이렇게 말하기까지는 오랜 시간이 걸렸다. 남들에게 얼마든지 말할 수 있는 약점이나 단점도 있지만 어떤 것은 끝까지 말하고 싶지 않은 것도 있다. 내게는 말더듬증이 그랬다. 어릴 때부터 나를 곤경에 빠뜨리거나 자신감 없게 만든 것, 또 친구들과의 갈등 상황에서 늘 뒷걸음질 친 이유, 참고 참다가 폭발하면 말을 더 더듬게 되어 결국 화만 내다 끝났던 상황들이 인간관계는 물론이고 나 자신과의 관계에서 늘 걸림돌이 되었다.

그런데 막상 그 사실을 말하고 나니 그것은 그냥 그런 '사실'이었다. 불행하고 슬프고 힘들다는 부정적인 감정으로 꽁꽁 싸매고 있을 때는 몰랐던 그 사실이 말간 얼굴을 하고 내 앞에 멀뚱히 서서 "저는 그냥 사실일 뿐인데요"라고 말하는 듯했다.

우리는 어떤 일이나 상황, 사건이 생겼을 때 거의 직관적으로 반응한다. 그래서 자동으로 긍정적이거나 부정적인 감정의 딱지가 붙여진다. 긍정적인 감정이야 문제될 것 없지만, 부정적인 감정을 없애는 데는 에너지가 많이 든다. 그럼 그 전에, 상황을 사실로 받아들이면 어떨까? 내가 말더듬증을 사실로 받아들인 것처럼 말이다. 내 생각과 감정에서 빠져나와 그냥 그런 사실로 인지해보는 것이다. 사실을 따로 분리해서 생각해보면 내 생각과 감정이 만들어낸 허상이 얼마나 나를 힘들게 했는지 알게 된다.

나는 말더듬증을 사람들에게 말하는 것만으로 감정에 변화가 생겼다. 말을 더듬으면서 느꼈던 불편하고 부정적인 감정은 모두 나의 생각에서 비롯된 것들이었다. '나는 잘 못한다', '평범하지 않다', '남들이 나를 별로라고 생각한다', '나를 조절할 수 없다', '나는 왜 하필이면', '나는 늘 뒤처진다'라는 등의 갖가지 생각이 부정적인 감정을 더 키웠다. 그런데 말을 더듬는다는 사실을 말해버리고 나니 생각과 감정에도 변화가 일어났다. 말을 더듬는다는 것은 긍정적인 일도, 부정적인 일도 아니었다. 말을 하고 나니까 그저 그런 사실이었다. 결코 대단한 것이 아니었다.

그러고 나니 '말을 더듬거려서 내가 하고 싶은 말이나 준비한 말을 제대로 하지 못한다는 생각이 과연 옳은가?'라는 의문이 생겼다. 내가 잘하고 못하고는 말의 기술이 아닌 메시지에서 판가름 나는 것인데 나는 엉뚱하게도 말을 더듬어서라는 핑계를 대왔던 것이다. 그래서 나는 '꼭 잘하고 싶다'에서 '말할 수 있는 것만 내 것이다. 그것만 하자'라고 생각을 바꾸었다. 지금 내가 말할 수 있는 것, 그 이상을 바라는 것은 욕심이지 않을까?

생각이나 감정을 긍정적으로 바꾸기 위해서는 있는 그대로의 사실을 부정적인 생각이나 감정에서 떼어내야 한다. 그동안 본인이 자동으로 붙여놓은 생각이나 감정에서 사실을 분리하는 것만으로도 마음이 편안해진다. 자신의 감정이나 생각에서 사실을 분리하고 나면 그 사실이 당신에게 덤덤히 말을 걸 것이다. "저는 그냥 사실일 뿐이에요"라고.

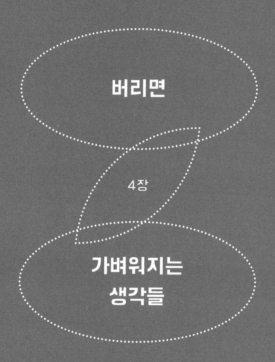

버리면

4장

가벼워지는
생각들

(때가 되어)

해야 하는 일은 없다

　대학 시절에 희한하게 사람이 따르는 선배가 있었다. 나이 많은 최고참 선배들부터 또래 동기들까지도 그의 말이라면 순순히 들어주었다. 그는 카리스마는커녕 말도 거의 없고 그다지 사교적이지도 않았지만, 그럼에도 어디를 가나 자연스럽게 리더 자리에 앉았다. 그는 함께 있으면 편안하고 안심이 되는 사람이었다. 이제 어느 회사의 부장님이 된 그는 지금도 후배들에게 사랑받는 특이한 상사이다.

　그 외에도 들어보면 리더 역할에 익숙한 사람들이 더러 있다. 평가야 엇갈리기도 하지만 적어도 그들은 자신의 역할에 의구심을 품지 않는다. 다른 이유라면 몰라도 리더라서 괴로워하지 않는다.

　가장 드문 경우가 리더이기를 거부하는 사람들이다. 한 예로 교사 K는 교무부장 자리를 미룰 수 있을 때까지 마다하며 평교사로 일했다. 그는 학생들과 학부모들에게 존경받는 좋은 교사였다. 그가 학교를 떠날 때 당신처럼 좋은 교사가 학교를 떠나는 건 교육계에 큰 손해라고 진심으로 생각했을 정도이다. 그럼에도 그가 학교를 떠난 것은 더 이상 학교라는 조직에 자신을 욱여넣을 수 없다고 판단했기 때문이다.

　그가 조직생활에 잘 적응하지 못했느냐 하면 그렇지 않다. 그는 맡은 일을 충분히 해냈고 인정도 받았다. 그러나 그것은 그를 둘러싼 바깥에서 일어나는 일일 뿐, 그는 자기에게 맞는 자리를 원했고 과감히 그곳을 떠났다. 지금은 지방으로 내려가 행복하게 잘 살고 있다. 무엇보다 최근에 본 그는 얼굴이 아주 좋았다. 편안함에서 나오는 분위기이리라.

　한편 P는 연차로 보면 본부장이나 이사급인데, 그의 명함을 보면 직함 대신 하는 일과 이름만 나와 있다. 그 때문에 P의 명함을 본 사람들은 좀 의아해한다. 그는 나와 같은 일을 하는 편집자인데, 나는 그가 그간 기획했던 책들을 듣고 깜짝 놀랐다. 초베스트셀러를 여러 권 기획했던 사람임에도 그는 업계에서 유명하지도 않다. 대외 활동을 거의 안 하기 때문이다. 궁금함을 참지 못하고 초면에 직함 없이 일하는 이유를 묻고 말았다. 그는 조용히 웃으며 이렇게 말했다.

"저는 사람 관리를 하고 싶지 않아요. 잘 못하기 때문이에요. 뭐, 하려면 할 수야 있겠지만 제 에너지는 책을 기획하는 일에만 쓰고 싶어요. 저는 평직원으로 은퇴하는 게 꿈이에요. 그래서 회사와 협의를 했죠. 기획만 하게 해주십사. 물론 성과에 대한 부담감이 아주 커요. 눈치가 보일 때도 있고요. 조직에서 누구나 해야 할 일을 안 하는 것이나 마찬가지잖아요. 그렇지만 저는 그것을 감당하고 있고 지금 하는 일에 무척 만족해요."

P의 말을 들으며 그의 얼굴을 가만히 쳐다보았다. 그에게도 K 같은 편안함이 느껴졌다. 하기 싫은 일을 회피하는 이기심의 얼굴이 아니었다. K와 P는 자신들이 잘할 수 없거나 약한 부분, 또는 자신의 불편함이나 어려움을 정확히 인지하고 사람들의 기대와 다르게 걷는 사람들이다. 그것을 위해 포기하고 감내해야 하는 일이 많을지라도 그들은 그 길을 용기 있게 걸었다.

실은 관리직을 버거워하는 사람들의 얼굴이 가장 어둡다. 나를 비롯해 많은 사람들이 리더 역할을 어려워한다. 하지만 그 자리가 주는 이득이 충분히 매력적인 데다가, 연차가 쌓이면 어련히 누구나 해야 하는 일로 여겨져서 때가 되면 일단 주어진 감투를 쓰게 된다. 그것이 어른 노릇이라고 생각해 무작정 돌진하는 사람도 있다. 나도 그런 사람이었다.

그러나 내가 직장 생활을 하면서 겪은 두 번의 큰 위기는 모두 사람 관리에서 일어났다. 결과적으로는 문제를 잘 극복한 것으로 보였지만, 속으로는 부침이 아주 심했다. 관리자로서 당연히 해내야 하는 일이었고, 틀어지면 다른 능력까지 의심받을 수 있다는 생각에 상당히 전투적으로 임했다. 그래서인지 그때 해소하지 못한 감정들이 나중에 폭발해버렸다. 지나고 나서야 알게 되었다. 나는 사람을 이끄는 리더 자리에 적격이 아니라고. 인정하고 싶지 않지만 나는 그런 사람이었다.

나는 K나 P와 무엇이 다를까? 나는 리더나 책임자가 되는 것을 '성숙'이라고 생각했다. 나이가 들면 반드시 해야 하는 것, 꼭 배워야 하는 능력, 경험해보아야 하는 통과의례쯤으로 여겼다. 반면에 K와 P는 자기 자신의 기준을 더 중요하게 생각했다. 사회적 잣대나 평가, 주변의 기대와 부추김은 그다음이었다. 그들은 그렇게 살기 위해 많은 설명을 해야 했다. 사람들의 비슷한 질문과 의아의 눈초리도 받았을 것이다. 또 여러 번 흔들렸으리라. 그럼에도 그들은 자기 자신이기를 선택했다.

또 무엇이 달랐을까? 내가 단점을 극복해야 한다고, 한계를 뛰어넘겠다고 버둥거릴 때, 그들은 자기들이 더 잘하는 일에 시간을 들였다. 거기에서 편안함을 느끼고, 사람들에게 인정도 받았다. 나는 늘 나의 부족한 점을 채우려는 쪽으로 살았다. 듣기에는 건설적이고 성실해 보이는 이 말은 본인을 괴물로 변하게도 한다. 잘하는 것만 가지고도 넘어야 할 산이 많은데, 잘 못하거나 잘 맞지 않는 일 앞에는 얼마나 험난한 고개와 언덕 들이 기다리고 있을까? 그것을 넘으려면 대체 어디부터 어디까지 고쳐야 할까?

나이가 들면 당연히 해야 한다고 생각하는 일들이 많다. 그런 의무감을 깨고 변화의 선봉에 서 있는 사람들조차 주변인들과의 대립은 둘째치고 자기 내부에 남아 있는 통념 때문에 더 힘들어한다. 사회는 생각보다 느리게 변한다. 머리는 변해도 몸과 마음은 그대로라서 사회적 인식이 뼛속까지 변하는 데에는 시간이 걸린다.

리더나 책임자가 되는 일도 사회생활에서 연차가 쌓이면 당연히 해야 하는 일로 여겨져왔다. 회사에서뿐만이 아니다. '어느 정도 나이가 들면'이라는 말에는 성숙, 의무, 일반적이라는 꼬리표가 붙기 때문에 거부하기가 어렵다. 그러나 그럴 때, 아니, 그럴수록 나를 중심으로 생각하고 행동해야 한다. 세상의 시계에 맞춰 나의 속도와 다르게 꿈꾸고 있다면 이제라도 내 속도에 맞춰야 한다. 다른 사람이 욕망하는 것을 욕망하는 자의 말로는 편치 않은 얼굴뿐이다.

때가 되면 해야 하는 일 같은 것은 없다. 성숙과 책임이라는 이름으로 꼭 해야 하는 일도 없다. 자기만의 시간과 호흡을 지키며 살면 얼굴이 천진해진다. 그 아름다움이 진짜 성숙이지 않을까?

성공하는 사람들은 자기가 바라는 환경을 찾아낸다.
발견하지 못하면 자기가 만들어내면 된다.

●조지 버나드 쇼

경험은

(삶의 무기가 될 수 있을까?)

제32회 도쿄 올림픽에서 가장 인상적인 경기를 꼽으라면 신유빈 선수의 탁구 경기이다. 17세 신유빈 선수가 첫 올림픽 2차전에서 넘어야 할 산은 58세 베테랑 니시아리안 선수였다. 니시아리안 선수는 공교롭게도 38년 전 같은 곳에서 금메달(도쿄세계선수권대회)을 딴 경험이 있는 데다, 당시 세계 랭킹도 신유빈 선수보다 2배 앞서 있었다. 나이 차이가 41년이 나는 고수와 떠오르는 샛별의 대결은 그것만으로도 충분히 이목을 끌었다.

1세트는 2:11로 니시아리안 선수의 승리였다. 마치 아마추어와 프로 선수가 경기를 하는 것처럼 상대가 되지 않는 무미건조한 경기였다. 허무한 1세트를 보며 생각했다.

'역시 노장의 경험을 못 넘는구나. 그래, 저 사람이 그동안 얼마나 많은 선수들의 공을 상대해봤겠어.'

그러나 7세트까지 간 경기의 최종 결과는 신유빈 선수의 승리였다. 세트 스코어 4:3으로 접전을 펼친 것이다. 게다가 마지막 7세트는 11:5로, 신유빈 선수의 완승이었다. 1세트의 완패를 그대로 돌려준 셈이다. 1세트 때 자신의 장점을 하나도 발휘하지 못했던 그가 시간이 갈수록 상대의 공을 간파하기 시작했고, 결국 경기를 자신의 승리로 이끌어냈다. 그 모습은 경험이 중요하다는 평소 내 생각을 깔끔하게 뒤집어주었다.

한번은 주말에 남편과 예능 방송을 보고 있었다. 20대들의 연애 고민 상담 방송으로, 신청자들의 사연을 읽거나 드라마로 재구성하여 솔루션을 주는 형식이었다. 사연은 주로 20대들이 보내왔고, 솔루션을 제공하는 패널들의 나이는 평균 40대였다. 나는 그 방송을 가만히 보다가 남편에게 물었다.

"저런 조언이 20대에게 먹힐까? 다 맞는 말이지만 내가 20대라면 저 사람들이 하라는 대로 못할 것 같아."

남편은 머리를 끄덕이며 대답했다.

"응. 나도 그럴 것 같아."

인생에서 수많은 경험을 해본 패널들의 조언이나 충고에는 틀린 말이 하나도 없었다. 다 맞는 말이고 일리가 있었다. 그러나 수차례의 연애 경험과 삶의 연륜에서 나온 조언이 다른 사람의 처지에도 꼭 들어맞으리라는 법은 없다. 조언을 듣는 것과 이를 실제 자기 삶에 적용하는 것은 전혀 다른 차원의 문제이다. 아무리 많은 깨달음을 얻었더라도 그것은 직접 경험한 본인 스스로에게만 유용할 뿐이다. 혹여 어느 나이쯤 되면 누구나 알게 되는 삶의 진리가 있다고 해도, 그 진리가 다른 사람의 삶에 있는 그대로 녹아들지는 않는다. 그러므로 경험이 무조건 정답이 되지는 않는다. 경험의 많고 적음도 바로미터가 될 수 없다. 경험은 성숙과 지혜를 의미하지도 않는다.

그런데도 우리는 왜 '내가 해봐서 아는데'라는 사람 앞에서 주눅이 들까? 반대로 경험 없는 사람들에게 무턱대고 의심의 눈초리를 보내는 이유는 무엇일까? 조금이라도 경험이 있으면 자기도 모르게 생기는 자신감은 어디에서 비롯되는 것일까? 경험은 정말 삶의 유용한 무기가 될 수 있을까?

나는 중학교 2학년 때 만난 친구 K에게 늘 어른 행세를 했다. 무엇을 해도 늘 나보다 앞서는 그녀에게 내가 내세울 것은 그녀보다 조금 더 경험이 많다는 점뿐이었다. 그것이 내 유일한 무기였다.

'경험은 내가 더 많은데, 왜 나는 맨날 좌충우돌하고 K 인생은 저렇게 잘 풀리지?'

그녀에게 느낀 열등감을 경험의 양으로 상쇄하고 싶었던 것 같다. 그래 봐야 몇 개 되지 않는 경험으로 거들먹거리며 경험이 적은 그녀를 온실 속 화초처럼 생각했다. 그러나 실제로 그녀는 자기만의 지혜로 인생을 신중하게 꾸려가는 사람이었다. 나처럼 충동적이지 않은 데다 늘 차분하고 꼼꼼했던 그녀는 오히려 많은 경험을 원하지 않았을 것이다. 꼭 필요한 한두 번의 경험만으로 나아갈 방향을 터득하기 충분했을 테니 말이다. 나라는 사람은 직접 부딪혀가며 하나하나를 깨우치고 알아가는 데 시간이 많이 필요했던 것뿐이다.

나는 아직도 누군가의 시간, 경험, 세월이 쌓은 것들을 사랑하고 존경한다. 그것에는 변함이 없다. 그러나 그것은 비교가 불가능하다. 신유빈 선수가 니시아리안 선수의 무수한 경험을 7세트 만에 간파해낸 것처럼, 어떤 경험도 다른 경험 앞에서 늘 우월할 수 없다. 우리는 늘 엇비슷한 출발선에 서게 된다. 그러니 경험과 이력을 앞세워 자만심을 갖거나 반대로 위축될 필요가 없다. 데이터가 많아서 나쁠 것은 없지만, 그것을 누가, 어떻게 분석하고 핵심을 파악해서 삶에 잘 써먹느냐가 더 중요하니까.

나는 그런 사람이

(아니에요)

얼마 전 한 작가의 책을 편집했다. 그의 원고는 흠잡을 데 없이 깔끔했다. 고칠 부분도 많지 않아서 편집도 다른 책보다 수월했다. 편집 작업을 거의 다 마치고 그에게 검토 파일을 보내고 난 주말 오후였다. 그에게 전화가 걸려왔다. 주말에 작가들이 편집자에게 전화하는 경우는 드물어서 그의 전화번호가 뜨는 순간 멈칫했다. 역시나 그는 단단히 화가 나 있었다.

요는 내가 손을 대서 글의 호흡을 해쳤다는 말이었다. 내 기억에는 수정을 그리 많이 한 것 같지는 않은데 그건 내 입장일 터라 변명은 하지 않았다. 작가는 수정이 마음에 들지 않는지 조목조목 문제점을 지적했다. 작가 입장에서 충분히 그럴 수 있는 일이었다. 토씨 하나로 글의 분위기가 달라진다는 말에도 수긍이 갔다. 그러나 흔한 일은 아니었다. 일을 시작한 이래로 20년 동안 두 번째 일어난 일이니 당황스럽기는 나도 마찬가지였다.

우선 나는 정중히 사과했고 오류나 꼭 고쳐야 할 오탈자만 제외하고는 원래대로 돌려놓겠다고 했다. 통화가 그렇게 마무리되었다면 나는 이 이야기를 글로 쓰지 않았을 것이다. 그런데 화가 안 풀렸는지 작가가 한마디를 덧붙였다.

"외주하면서 출판사에 보여주려고 글을 고치는 거예요?"

순간 머리가 띵했다. 당시에는 경황이 없어서 아니라고 부정을 했는지 그저 가만히 있었는지 기억이 나지 않는다. 그만큼 황당했고 그의 말이 무례하게 느껴졌다. 외주자가 출판사에 보여주려고 안 해도 될 수정을 만들어낸다니. 그가 평소 외주자를 어떻게 생각하고 있었는지 보여주는 말이었다. 아마도 그 자리에서 당장 나는 그런 사람이 아니라고 불같이 따지거나 불쾌함을 드러내지는 못했을 것이다. 그러나 그때까지 그의 눈에 내가 출판사에 잘 보여 일이나 따려는 사람으로 보였다고 생각하니 자존심이 이만저만 상한 게 아니었다.

그 일이 있은 뒤 그의 말이 종종 생각났다. 스스로에게 이렇게 묻기도 했다.

'나는 지금 이 일을 해서 출판사 대표한테 보여주고 싶은 건가?'

작가가 화가 나서 한 말이겠거니, 나만 그런 사람이 아니면 되지 하고 가볍게 넘길 수 있는 일임에도 한번 발동이 걸리면 좀처럼 놓지 못하는 나의 성격도 한몫을 했다. 집착 아닌 집착이 시작되었다. 안 되겠다 싶어서, 내가 왜 그의 말에 그토록 신경을 쓰고 속을 끓이는지 생각해보았다. 그 덕분에 내 안에 '김유진=편집자'라는 공식이 너무 크게 자리 잡혀 있다는 사실을 알게 되었다.

언젠가 내가 하는 일들을 모두 적어본 적이 있다. 돈을 벌기 위해 하는 일, 취미나 재미로 하는 일, 새롭게 시작한 일, 봉사로 하는 일 들을 죄다 적었다. 가짓수는 다양했지만 적다 보니 대부분 결이 비슷했다. 내가 가치를 두는 일, 즉 좋아하는 일들이 얼기설기 얽혀 있었다. 거기에는 당연히 책을 만드는 일도 있었다. 큰 비중을 차지하지만 그것이 내 삶의 전부는 아니었다.

그다음에는 일상 속에서 규칙적으로 하는 일들을 적었다. 식사와 운동, 크고 작은 집안일, 가족 행사, 정기적인 만남까지 수도 없었다. 그중에 어느 것 하나 중요하지 않은 일이 없었다. 앞에서 적은 일까지 모두 합해 '김유진'이라는 커다란 원 안에 넣고 보니 어느 하나만으로 나를 설명하는 것은 불가능했다. 나를 둘러싸고 있는 일 중에 더 중요하고 덜 중요한 것은 없었다. 모두 그 자리에서 나라는 사람을 구성하는 데 역할을 성실하게 해내고 있다고 생각했다.

그런데 이번 일을 겪으면서 나는 꽤 오랫동안 그 일들에 내심 순위를 매기고 있었다는 사실을 깨달았다. 특히 상위에 있는 것들을 더 중요하게 생각하면서 '김유진=○○'이라는 공식을 꾸준히 굳혀왔다. 그러니 누군가의 말 한마디에 내 전체를 부정당한 것 같은 기분을 느꼈을 테다.

나 자신을 긍정적으로 바라보기 위해서는 나에 대한 여러 개의 관점이 필요하다. 어느 하나로만 나를 설명하거나 정의 내릴 수 없기 때문이다. 특정 역할만을 중요하게 생각하면 그 경로에서 벗어났을 때 극도로 불안해진다. 다른 사람에게 그것을 부정당했을 때 삶이 흔들릴 수도 있다. 속이 상하거나 분해서

잠을 못 자고 밤새 뒤척일지도! 투자를 할 때 '몰빵'이 위험한 것처럼 자기 자신에게도 분산 투자가 더 안전하다.

의도가 어떠했든 나는 그 작가 덕분에 '김유진=편집자'라는 공식에서 조금 벗어날 수 있었다. 내 일에 기쁨과 긍지를 가지되 그것과 언제든지 뗐다 붙었다 하는 사이가 되기로 마음먹었다.

(내 잘못이야,)

내가 부족해서 그래

초등학교 5학년 때 다른 학교로 전학을 갔다. 그런데 몇 날 며칠을 친구들이 서로 눈치만 보면서 내 옆에 아무도 다가오지 않았다. 성격이 소심했던 나는 먼저 말을 걸 용기가 없어서 얼마간 우울한 학교생활을 보냈다. 그런데 얼마 뒤 친구들이 단체로 그런 행동을 했던 이유를 알게 되었다. 전학 와서 혼자가 된 나를 불쌍히 본 한 친구의 말에 의하면, 여자아이들끼리 약속을 한 모양이었다. 친구들을 설득한 주동자의 논리는 이랬다.

"우리 친구 H가 전학을 간 건 쟤가 왔기 때문이야. 우리 쟤랑 놀지 말자. 쟤가 전학 가면 다시 H가 돌아올 수 있어."

5학년 여자아이들의 작당 모의라고는 믿어지지 않을 만

큼 순수하고 조금은 황당한 얘기였다. 그러나 당시 나는 그 말을 듣고 덜컥 겁이 났다. 아이들이 다 그렇게 생각하고 있다고 하니 '그런 건가? 나 때문에?' 하고 의심이 들었다. 친구들은 얼마 뒤 나를 조용히 불러 자신들이 얼마나 H를 좋아했고 사이가 좋았는지 말하며 그 친구가 전학 가는 게 너무 슬퍼서 그랬노라고 고백했다.

지금 와서 보면 어린 시절 재미난 에피소드지만, 나는 '나 때문에?'라는 대목이 늘 마음에 걸리곤 한다. 어린 시절부터 성인이 되어서도 명백히 내 탓이 아닌 순간에도 나는 습관적으로 나를 의심했다. 마치 주문 같았다.

'나 때문에?'
'내 탓이면 어떡하지?'

그렇게 오랜 시간 쌓아온 '나 때문에'는 나 자신을 부족하게 여기고 자주 부정적인 감정에 빠지게 했다. 나는 뭐가 그토록 부족한 사람이었을까? 나는 진심으로 그렇게 생각했을까? 아니면 습관이었을까? 혹시 그렇게 하면 성숙해 보일까 봐서? 하지만 그건 성숙한 어른보다는 그런 어른이고 싶은 어린아이의 마음이었다.

자책감이나 자기 비난, 자기혐오를 느끼는 원인은 한 가지로 설명할 수 없다. 다만 보통 자기 탓을 하다가 마지막에 가서는 억울한 마음에 남(또는 외부)을 탓하는 수순을 밟는다. 반대로 남 탓을 하다가 결국 화살의 끝을 자신에게 돌리는 것으로 마무리되는 일도 비일비재하다. 이렇게 항상 끝내는 자신과 남모두를 문제시하는 심판자가 된다. 부정적으로 보는 습관이 태도로 굳어지는 바람에 겉으로는 분명하고 딱 부러지는 성격으로 보이지만, 이와 정반대로 속마음은 늘 예민하고 연약한 아이의 모습을 하고 있다. 잘못된 성찰과 반성의 가면을 냅다 쓰기도 한다.

"그래. 이건 내 잘못이야" 이렇게 마음에도 없는 반성을 습관적으로 하면 정작 실제로 자신이 잘못을 했을 때 문제를 정확하게 파악하지 못한다. 무엇이 잘못인지 모르고 그저 '내 잘못'이라는 막연한 프레임만 끌어안는다. 어쩌면 자책은 문제를 정면으로 해결하지 않은 채 꺼내기 쉬운, 조금은 간편한 방법인지도 모르겠다. 대충 내 탓으로 얼버무리면 성숙해 보이고 어른처럼 보이니까.

자신을 비난하는 말이나 자책하는 감정을 타인에게 끊임없이 계속해서 노출하는 사람도 있다. 기회만 있으면 입버릇처럼 '내 탓이오'라고 말로만 떠드는 사람이다. 이것은 어떤 마음일까? 물론 스스로 속죄하고 또 그 일에 아쉬움과 후회를 드러내려는 의도도 있을 테지만, 남들이 '당신 잘못이 아니에요'라고 말해주기를 기다리는 마음이기도 하다. 타인의 위로와 인정이 필요한 것이다. 스스로에게 괜찮다고, 그만하면 나는 최선을 다했다고 말할 수 없을 정도로 약해진 상태이기 때문이다.

이처럼 자책감이나 자기 자신을 향한 비난은 문제 해결보다는 모든 것을 내 부족함이나 잘못으로 끌어안고 성숙한 사람으로 꾸미려는 꿍꿍이다. 그러나 자신이 부족하다고 생각하고 자책하는 것은 성숙한 사람이 되는 방법이 아니다. 경로가 완전히 틀렸다.

성숙한 어른은 흠이 없는 사람이 아니라 자기 자신과 타인의 잘못을 인정하고 있는 그대로 받아들이되, 계속해서 화살을 쏘거나 심판하지 않는 사람이다. 혹 문제나 잘못이 있더라도 자책 뒤에 숨지 않고 잘못을 인정하고 문제를 조금이라도 개선하기 위해 행동한다. 말로만 스스로를 자책하고 비난하면서 문제를 덮어버리면, 해결되지 않은 감정이 부정적인 형태로 굳어진다. 그리고 어떻게든 밖으로 흘러나와 자신도 모르게 타인에게 끊임없이 표출되며, '내 탓이오'는 더 이상 아무도 듣지 않는 공허한 외침이 될 것이다.

"내 잘못이야, 내가 부족해서 그래"라는 말은 되도록 짧고 굵게 끝내자. 그 말을 백 번, 천 번 외쳐도 어른의 성숙이나 겸손은 보장되지 않는다. 말보다 행동이다.

슬퍼하는 것은 애정이 깊다는 것을 증명하지만,

지나치게 슬퍼하는 것은

언제나 지혜가 부족하다는 증거이다.

● 윌리엄 셰익스피어

(모순된 마음

사이에서 나는)

　　한 여자에게 반한 남자가 있다. 그 여자가 왜 좋으냐고 물었더니 사교적이고 밝기 때문이라고 했다. 그렇게 두 사람은 연인이 되었지만, 얼마 못 가 헤어졌다. 남자가 말했다.

　　"○○씨는 친구도 많고 너무 바빠요. 남사친도 만나더라고요. 저는 여자친구가 남사친 만나는 거 이해 안 됩니다. 그래서 헤어졌어요."

　　이런 일도 있었다. 한 친구가 결혼을 준비하다가 부모에 관해 불만을 토로했다.

　　"간섭이 너무 심해. 아니, 왜 신혼집 냉장고 위치까지 이래

라저래라 하는 거야? 그리고 결혼하면 일주일에 한 번은 같이 식사하자고 대놓고 말하는 거 있지?"

그럼에도 친구가 부모에게 반기를 들지 못하는 이유는 그들이 마련해준 수억 원 상당의 아파트 때문이었다. 그녀는 훅 들어오는 부모의 간섭과 요구를 일종의 생색으로 받아들였다. 5년이 지난 지금까지 그녀는 마음고생을 한다. 이미 받은 아파트와 각종 혜택들을 반납하고 싶지 않고, 부모의 간섭과 요구를 전부 받아들일 마음도 없기 때문이다.

상대의 사교적이고 밝은 모습에 반했다가 같은 이유로 헤어진 남자의 마음, 아파트와 각종 금전적인 도움은 받고 싶지만 간섭은 싫은 여자의 마음. 이것들은 우리가 매일, 매 순간 맞닥뜨리는 모순된 감정이다. 우리가 안고 사는 모순된 감정은 어떤 모습일까?

- 부모에게 경제적 혜택을 받으면서 자유와 독립은 보장받고 싶은 마음
- 공부는 안 하면서 자기 실력보다 더 좋은 학교에 가고 싶은 마음
- 월급은 많이 받으면서 쉽고 편한 일을 하고 싶은 마음

● 공부를 잘하면서 말도 잘 듣고 교우관계도 좋은 자녀를
원하는 마음

둘 중에 하나를 포기하는 것이 쉬운 일도 있지만, 둘 다 손
에 쥐고 싶어서 괴로운 일이 더 많다. 모순되더라도 동시에 갖
고 싶은 것이 인생에는 얼마나 많은가. 그럼 이런 모순들을 어
떻게 받아들여야 할까? 편안하고 행복하게 살기 위해서는 어떻
게 해야 할까?

첫째, 하나를 버리고 하나는 얻는 방법이다. 이때 무엇을
버릴지 결정하는 것이 중요하다. 나에게 무엇이 더 유리한지,
나의 진짜 욕망이 무엇인지 심사숙고한 뒤에 버려야 한다. 그러
기 위해서는 자기 자신을 잘 알아야 한다. 순간 자기 멋에 취해
이상향(이성적으로 추구하는 것, 동경하는 것, 추상적인 것)에 따라
선택하면 나중에 진짜 욕망과 충돌하는 일이 생긴다.

부모의 경제적 혜택과 자유(독립), 둘 중에서 하나를 버려
야 한다고 가정해보자. 부모로부터 독립했을 때의 장점만 떠올
리고 그 책임감과 부담을 가볍게 생각하면 나중에 괴로운 일들
이 들이닥칠 수 있다.

나에게 보이는 모습에는 이면이 있음도 알아야 한다. 앞에

서 예로 든 남성은 여자의 사교적이고 밝은 모습을 사랑했지만, 그 여자가 같은 이유로 인간관계가 폭넓고 남사친까지 있을 거라고는 미처 생각하지 못했다. 여자친구가 자기에게만 밝고 상냥한 게 불가능한 일이라는 것을, 아울러 자신에게 긍정적인 면은 남에게도 긍정적으로 작용된다는 단순한 이치도 몰랐다.

둘째, 둘 다 손에 쥐고 사는 방법도 있다. 마음이 불편하고 힘들겠지만 생각해보면 실제로는 그렇게 살아가는 사람이 더 많다. 둘 다 포기하지 못하고 모순된 마음으로 어정쩡하고 애매하게 살 수도 있다. 부모가 주는 혜택과 간섭 속에서 사는 그 친구는 여전히 불만이 많지만 그럼에도 잘 버티고 있다. 본인이 누릴 수 있는 경제적 이득을 이용하면서 가끔 약간의 반항도 하면서 말이다. 어쩌면 이것이 더 안전하고 생존에 유리한 것 아닐까? 그때그때 자신에게 조금이나마 더 이로운 것을 선택하고 조율하면서 사는 것도 방법이다. 이것이 변화무쌍한 인간의 욕망에 더 잘 어울릴지도 모른다.

모순된 마음 사이에서 나는 어떻게 살아갈 것인가? 두 가지 중에 무엇을 선택하든 그 선택을 '자신이 했다'고 인식하면 조금 덜 괴롭다. 때로는 더 행복한 쪽보다 덜 괴로운 쪽을 선택하는 게 삶을 살아가는 작은 지혜이니까.

아픔은 피할 수 없지만,
고통은 선택하기에 달렸다.

● 불경

어중간한 자의

(행복)

　학창시절 나는 수학을 잘 못했다. 중3 때 만난 무서운 선생님 덕분에 90점을 몇 번 받아본 것을 제외하고 수학 점수는 늘 중간 이하였다. 그때 점수가 잠깐 좋았던 이유는 문제 유형을 달달 외우게 시켰고 쪽지 시험 결과로 체벌을 가했기 때문이다. 수학 시간은 공포 그 자체였다. 하여튼 딱 그 1년의 시간을 빼고는 수학 시간에 늘 열등생이었다. 그러니 수학 점수는 성적표에서 없애고 싶은 칸이었다.

　어느 날은 50점이라는 점수를 받았다. 나는 부모님 앞에서 무턱대고 울기부터 했다. 부모님은 당황했다. 낮은 점수 때문만은 아니었다. 어머니는 수학 점수 때문에 울고 있는 딸이

안쓰러웠다. 옆에서 말없이 있던 아버지는 잠시 뜸을 들이더니 한다는 말이,

"50점도 괜찮아. 40점보다 잘한 거야."

부모님은 평소에도 성적에 대해 잔소리를 한마디도 하지 않았다. 자식의 미래에 관심이 없나 생각될 정도로 등수나 점수에 신경을 거의 쓰지 않았다. 그렇다고 내가 잔소리를 안 해도 될 만큼 공부를 잘한 것도 아니었다. 그저 상위권과 중위권 사이를 왔다 갔다 하는 정도였다. 그런 부모님 덕분인지, 아니면 내 스스로 최상위가 아닌 것을 일찍부터 알아서인지 나 역시 점수나 등수에 크게 신경 쓰지 않았다. 시험 전후야 여느 학생처럼 예민해지곤 했지만, 그 외에는 책 읽고 글을 쓰고, 음악 듣는 일에 더 행복감을 느끼면서 중간자의 여유를 만끽하며 학창 시절을 보냈다. '40점보다 잘한 거야'라는 말을 문득문득 떠올리면서다.

그러나 중간자의 여유는 딱 거기까지였다. 치열한 입시 현장에서도 의연함을 잃지 않던 내가 대학에 들어가고 나서부터

최고나 최상이라는 말에 신경이 쓰였다. 책 읽고 글 쓰는 것을 낙이자 취미 생활쯤으로 여기던 내가 대학에 가서야 마침내 깨달은 셈이다.

'여기에서 글을 제일 잘 쓰는 몇 명만 살아남는 거구나.'

실제로 그랬다. 그 당시 친구들의 목표는 신문이나 잡지를 통한 등단이었다. 등단이라는 좁은 문을 통과해야 작가로서 제대로 된 출발이 보장되었기 때문이다. 그러나 그 문을 통과한 사람은 10퍼센트도 되지 않았다. 나머지 90퍼센트는 등단한 친구의 시상식에 가서 박수를 치고, 학교에 플래카드가 걸린 날 축하 파티에 참석하고, 선후배들의 이름을 신문이나 잡지에서 찾으면서 중간이나 뒷줄에 서 있어야 했다. 모두 작가를 꿈꾼 것은 아니지만 어쨌든 우리 중에 누구도 '글'에서 자유롭지 못한 것만은 확실했다.

그 10퍼센트의 사람들은 지금 어떻게 살고 있을까? 등단에 성공한 사람 중에서도 지금까지 글을 쓰고 있는 사람들은 그리 많지 않다. 모두의 꿈을 이뤘음에도 작품을 꾸준히 발표하지 못한 이가 반이 넘는다. 무슨 이유인지는 몰라도 중간에 다른 일을 시작한 사람도 있다. 한때 우리가 종종걸음으로 매달렸던 최상위 코스는 결국 더욱 소수의 최적자만 살아남는, 생각보다 더 무시무시한 전쟁터였던 거다. 또한 그 길은 경로가 한정되어 있어서 다른 길로 갈 수 있는 기회마저 적었다.

그럼 나머지 90퍼센트는 어떻게 살고 있을까? 적어도 내 주변에 있는 사람들은 잘 살고 있다. 1등은 아니지만 그렇다고 꼴등도 아니다. 우리 아버지가 말한 40점 이상은 다 넘어선 삶이다. 비록 그 옛날 우리가 고대했던 최상위 코스에는 못 들었지만, 나름대로 자기만의 길을 만들면서 살고 있다. 글과 관련 없는 일이지만 자기 분야에서 이름을 떨친 사람도 여럿이다. 이들에게는 10퍼센트의 사람들보다 갈 수 있는 길이 많았기 때문일지도 모른다.

우리는 살아가면서 추상적이고 주관적인 등수와 점수를 매긴다. 학창 시절에, 대학이나 취업을 준비하면서, 직장 생활을 하면서, 가정을 이루면서, 아이를 양육하면서, 재테크를 하면서, 인간관계를 이어가면서 끊임없이 자기만의 등수와 기준을 만들어낸다. 그 기준이란 게 '여기까지는, 이 정도까지는, 적어도 이거는, 남들만큼은…' 정도로 애매해서 가늠하기가 어렵다.

그런데 이 기준은 본인 혼자가 아니라 부모나 선생을 비롯한 사회 구성원들이 함께 오랜 시간 만든 결과물이다. 각 공동체마다 기준도 천차만별이다. 안타까운 것은 본인들이 만들어놓은 기준에 들어가려다가 실패하면 스스로 불행하다고 여긴다는 점이다. 그런데 그 기준이라는 게 얼마나 허무한 것인가 하면,

얼마 전에 한 유명 피아니스트가 눈을 가리고 피아노를 쳐서 피아노의 가격대를 맞히는 이벤트를 본 적이 있다. 총 다섯 대의 피아노 중에 가장 비싼 피아노는 2억 원대, 가장 싼 피아노는 8백만 원대였다.

피아니스트는 가장 비싼 피아노와 가장 싼 피아노를 단번에 알아맞혔다. 특히 가장 싼 피아노는 한 마디만 쳐보고 5초 만에 알아맞혔다. 뒤이어 가장 비싼 피아노도 금세 맞혔다. 이 재미있는 실험의 결론은 어떻게 되었을까? 실패였다! 1억 후반대 피아노보다 4천만 원대 피아노에 더 높은 점수를 주었기 때문이다. 안대를 풀고 피아노를 본 피아니스트는 연신 아깝다, 아쉽다고 말하며 주변 사람들을 웃게 만들었다.

그가 피아노 소리만 듣고 가격 순서대로 나열하는 것을 보면서 엉뚱하게 나 스스로가 피아노라고 생각해보았다. 나는 살아가면서 최상의 피아노도 꼴등 피아노도 된 적이 없다. 늘 중

간 어디쯤에 있었다. 그 자리에 만족하며 살다가도 1등도 아닌 2등이 되고 싶어서 발버둥 치기도 했고 한 번도 최고가 되지 못하고 중간에만 있는 나를 한심해하기도 했다. 어떨 때는 최고, 최상, 1등이 무엇인지도 모른 채 무작정 꿈꾸기도 했다. 그런 나에게 그 피아니스트의 말이 가슴을 파고들었다. 그는 피아노 가격을 순서대로 맞히는 데 실패해서 처음에는 좀 계면쩍어 했지만, 이윽고 당당하게 말했다.

"5번, 4번, 1번, 2번, 3번 순서대로 제가 좋아했습니다."

나는 "제가 좋아했습니다"라는 그의 말에, 지금까지 살아오면서 매긴 점수가 그저 누군가의 기호, 성향, 경험 등 지극히 주관적인 기준이었을지도 모른다는 생각이 들었다. 누군가의 주관으로 매겨진 점수라니 얼마나 허무한가. 그 지극히 주관적인 기준 때문에 평생을 일희일비했다니. 차라리 중간쯤에서 내 갈 길을 만들어가면서 등수에서 자유로웠더라면 얼마나 좋았을까.

세상에 가장 좋은 것, 가장 나쁜 것은 있을지도 모른다. 그러나 그 사이의 선택지가 훨씬 많다. 그러니 부디 1등도, 2등도 목표하지 말고 자기만의 길을 가자. 수학 50점은 50점만의 길이 있고, 등단을 하지 못해도 글로 먹고살 수 있는 방법은 많다. 다른 길은 찾아보지도 않고 하나의 길에서만 헤매는 것은 미안하지만, 게으름이랄 수밖에.

양극단으로

    사람들과 업무 회의를 하다 보면 여러 유형을 만난다. 모든 상황을 긍정적으로만 보는 사람, 반대로 문제점을 반드시 짚고 넘어가는 사람, 아무 의견도 내지 않는 사람, 열심히 듣거나 필기만 하는 사람, 회의에 관심이 없는 사람, 눈치를 보다가 상사의 의견만 전폭적으로 지지하는 사람, 핵심을 잘 파악하고 의견을 잘 피력하는 사람, 새로운 의견에 빈정대는 사람, 자신의 지위를 이용하여 편을 가르는 사람 등 아주 다양한 사람들이 회의 테이블에 앉는다. 나는 그중에서 이분법적인 사람을 상대하기가 가장 힘들다.

    이분법적으로 생각하는 것에 익숙한 사람은 생각을 둘 중에 하나로만 몰고 가서 사람들을 꼼짝 못하게 만들고, 심지어 대안도 내놓지 않는다. 이분법은 모든 것을 두 개 중에 하나로만 생각하고 결정짓는 흑백논리이다. 이것 아니면 저것으로만 생각하기 때문에 다른 방법을 생각할 여지까지 없애버린다. 이분법적인 사고에 갇혔을 때 가장 큰 문제는 할 수 있는 일이 별로 없다는 점이다.

L은 회의에서 이분법적인 잣대를 자주 들이대는 사람이었다. 자신이 미는 일은 무턱대고 긍정적이었고, 자신과 다른 의견이나 생각에 대해서는 기필코 부정적으로 말했다. 한번은 우리 팀이 안 좋은 상황에 처해 있을 때 그에게 도움을 청한 적이 있다. 그는 그 일이 자신의 업무였음에도 선을 그으며 딱 잘라 말했다.

"그게 되겠어요? 이 상황에서 힘들걸요? 저는 못해요."

그는 무슨 근거로 우리 팀이 안 될 거라고 단정했을까? 아마 그 사람 개인의 생각이라기보다는 당시 회사 전반에 퍼져 있는 분위기가 그랬기 때문이었을 것이다.

그는 우리 팀에 대해 언제나 부정적이었다. 업무 협조 때문에 그를 만나러 가서 한 번이라도 긍정적인 말을 들은 적이 없었다. 그러니 더 안 좋은 상황에서 그가 도움을 줄 이유는 딱히 없었을 것이다. 그런데 그와 딱 반대의 캐릭터를 가진 K라는 사람이 있었다.

K는 L과 비슷한 업무를 담당하는 사람이었다. 그는 매출도 좋지 않고 당시 최악의 상태였던 우리 팀을 외면하지 않은 유일한 사람이었다. 자신이 할 수 있는 것이면 작은 일이라도 시도했고, 내가 도와달라고 할 때마다 손을 잡아주었다. K가 우리 팀만 특별히 잘 봐주는 것은 아니었다. 어느 팀의 일이든 자신이 가진 능력을 잘 활용하는 사람이었다. 무슨 일이든 그 결과를 성공과 실패로만 보지 않고 중간 어디쯤을 찾아 작은 것부터 차곡차곡 쌓아가는 사람이었다. 그는 이렇게도 해보고 저렇게도 해보려는 사람이었다. 한마디로 '총알'이 많은 사람이었다.

인생은 선택의 연속이다. 그럴 때 L처럼 '된다', '안 된다'라고 단정하기는 참 편하다. 깊이 생각을 하지 않아도 되기 때문이다. 이분법적인 말과 행동은 문제를 빨리 해결하기에는 손쉬운 방법이다. 그러나 세상에는 기준이 모호하고 객관성을 파악하기 어려운 일이 훨씬 더 많다. 인간의 불행은 대개 이런 일들까지 모두 흑 아니면 백으로 판단하는 데에서 온다.

애매모호하게, 늘 중립에서 어정쩡하게 서 있으라는 말은 아니다. 자신의 총알이 많아야 한다는 뜻이다. 어떤 사안을 '좋다'와 '나쁘다'라는 두 가지로만 나누는 것이 아니라 그중에서 어떤 점이 문제이고 문제가 아닌지, 그 이유는 무엇인지 생각할 수 있어야 한다. 이분법적으로 빨리빨리 판단하고 덮어버리고 싶은 충동에서 벗어나 나만의 의견을 키우는 시간이 필요하다. '맞다/틀리다, 내 편이다/네 편이다, 선/악, 사랑/증오, 성공/실패, 남/여, 아이/어른'처럼 이분법으로 설명할 수 있는 것은 세상사에 그리 많지 않다.

긍정적으로 살아가기 위해서는 이분법, 극단, 흑백 같은 쉬운 길을 버리고 새로운 길을 찾아야 한다. 그것을 뛰어넘는 사람만이 세상을 2차원에서 3차원으로, 5차원에서 10차원으로 볼 수 있다.

사람이 나를

5장

괴롭게 할 때

함부로 친절하면
(안 되는 이유)

예전에 선배들과 자주 가던 LP바가 있었다. 그곳을 하도 좋아하길래 그 이유를 물었는데 몇 명이 비슷한 대답을 했다.

"불친절해서 좋아."

불친절해서 좋다니, 나로서는 이해가 되지 않았다. 처음에는 선배들이 겉멋으로 하는 말이려니 했다. 주인의 성향이 그렇기는 했다. 단골손님이 가도 "왔어?" 한마디로 끝이었다. 어쩌다 드물게 말을 거는 때를 제외하고는 간섭이나 잔소리가 없었다. 주인이 나를 향해 확실하게 웃는 걸 본 때가 그곳에 다닌 지

몇 년 후니까 더 말할 것도 없다.

　그렇다고 대놓고 무례하거나 불쾌하게 하진 않았다. 그저 1평 남짓한 공간에 들어앉아 음악을 틀고 손님들의 질문에 짧게 답할 뿐이었다. 아이러니한 것은 손님이 술도 알아서 가져다 먹어야 하고 안주도 몇 개 없는, 여느 가게에서 흔히 볼 수 있는 주인의 친절이나 배려도 별로 없는 그곳이 갈 때마다 앉을 데가 없이 만원이라는 점이다.

　내가 그곳, 아니 그 주인을 떠올린 것은 오래된 친구 G 때문이다. 왜 그런지는 몰라도 어릴 때부터 나는 언제나 그의 일이라면 힘이 닿는 대로 나서서 도왔다. 그에게만큼은 행동파였다. 정신적으로든 물질적으로든 그 친구에게는 무엇을 주어도 아깝지 않았다. 그만큼 그 친구가 좋았다. 문제는 그것이 어디까지나 나 혼자만의 생각이었다는 점이었다.

　어느 날, 나는 처음으로 G와 작은 말다툼을 했다. 그런데 그 후 G는 그동안 나에게 언짢았던 것이 많았다며 시간을 갖자고 했다. 나는 납득하기가 어려웠다. 나 때문에 힘들었던 점을 말해주면 고치겠다고 했지만 친구는 일일이 말하기가 어렵다고 했다. 그러면서 우리 관계는 물 흘러가듯 두자는 친구의 말에 더는 할 말이 없어졌다. 그렇게 1년이 넘는 시간이 지났다.

나는 그 일에 꽤나 충격을 받았다. 내가 가장 사랑하고 의지했던 친구가 나 때문에 힘들었다니 이 얼마나 큰 비극인가. 울기도 많이 울고, 서운하고 억울하고 그리운 감정도 많이 느꼈다. 성인이 되고 친구 때문에 울기는 처음이었다. 집착이라면 집착이겠지만 나는 그 일을 여러 각도에서 생각하고 또 생각해 보았다. 어디에서부터 무엇이 잘못된 걸까?

혹시 내 사랑이나 친절, 또는 도움이나 배려가 친구에게는 다르게 느껴졌던 것은 아닐까? 친구는 다른 것을 원했을까? 늘 조언이나 충고를 서슴지 않는 친구보다는 그저 곁에서 조용히 공감이나 위로를 건네는 친구를 원했을지도 모른다는 생각이 들었다. 친구가 원하지 않았다면 내가 그에게 쏟은 사랑은 내 마음과는 별개로 아무 소용없는 일이다. 그것도 모르고 나는 내가 주고 싶은 것을 주는 데 몰두해 많은 에너지를 썼다. 자녀를 사랑한다는 이유로 일방적으로 헌신하는 부모처럼, 또는 사랑이라는 이유로 자기 자신을 희생하는 연인처럼 말이다.

시간은 되돌릴 수 없고, 오랜 세월 그 친구에게 보낸 나의 사랑과 우정을 탓하고 싶지는 않다. 다만 내가 그 일로 배운 것이 있다면 내 멋대로 사랑하면 안 된다는 점이다. 나는 "상대가 원하는 것을 주는 것이 사랑이다"라는 말을 머리로만 알고 있었다. 그러나 다들 그렇게 사랑 앞에서는 눈먼 장님이 된다. 우정을 지켜내느라, 아니 우정을 지키고 싶어서 오버 페이스를 했던 나, 좋은 사람이고 싶어 무리했던 내가 새삼 안타깝다.

선배들이 말한 불친절도 그런 게 아니었을까? 10년 넘은 단골이라도 도에 넘는 관심을 보이지 않는, 그 주인만의 거리두기 방식. 그곳에 유독 오래된 단골손님이 많았던 이유 역시 사람들이 적어낸 신청곡을 LP장에서 찾아 손님이 자리를 떠나기 전에 틀어주는 '적절한 친절' 때문이었으리라. 그는 사람들이 자신의 가게에 바라는 친절이 무엇인지 잘 아는 사람이었다.

"한 사람에게 한 공기면 족하다."

철학자 강신주는 한 강연에서 사랑에 대해 이렇게 말했다. 두 공기, 세 공기의 밥을 주고 그것이 사랑이라 믿으며 상대를 힘들게 하지 말라는 철학자의 말이 뼈아프게 들린다. 오만한 사랑과 친절을 버리고 나면 관계는 더 나아질 수 있을까? 우선 함부로 행하는 친절을 버리기로 한다. 그건 사랑이 아니라 방향이 어긋난 욕심일 뿐이니까.

상대에게 문제가 있다고

(생각하기 전에)

인간관계에서 가장 중요한 것을 고르라고 하면 나는 '사람 보는 안목'이라고 말한다. 대체로 자기와 잘 맞는 사람을 제대로 알아보는 사람이 인간관계가 좋기 때문이다. 어떤 이들은 자신과 잘 맞지 않는 사람을 옆에 두고 괴로워하면서 상대에 대한 비난과 험담을 멈추지 않는다. 그런 사람들일수록 헤어지지 않고 계속 붙어서 서로를 괴롭힌다. 그런데 그런 관계를 끝내지 못하는 이유는 다른 데 있다. 자신을 힘들게 하는 바로 그 점이 상대의 최고 매력이기 때문이다. 어쩌면 그것이 상대를 좋아하게 됐던 최초의 이유일지도 모른다.

예를 들어 서로에게 호감이 있는 남녀가 있다고 해보자.

둘 다 사교적이며 흥이 많아 노는 자리에서 빼는 법이 없다. 처음에 둘은 서로의 이런 매력에 끌려 만나기 시작한다. 그런데 시간이 갈수록 바로 그 때문에 문제가 생긴다. 남녀 구분 없이 친구가 많은 여자에게 남자가 불만이 생긴 것이다. 이성끼리는 친구가 될 수 없다고 생각하는 남자와 그것이 무슨 상관이냐는 여자 사이에 갈등이 팽팽해질 때, 이것은 누구의 잘못도 아니다.

상대의 이성 친구를 받아들이지 못하겠다면, 애초에 사교적이고 외향적인 성격보다는 내향적이고 친구가 별로 없는 사람을 만나는 게 갈등을 줄이는 방법이다. 그것이 본인에게 중요한 문제일수록 더욱 그렇다. 어떤 성격이나 성향이 한 사람에게만 드러날 수는 없다. 그 사람을 둘러싼 모든 인간관계에 두루 적용된다. 앞의 예처럼 연인이 자기 자신한테만 특별해 보이기를 바란다면 그것은 지나친 욕심이다.

그래서 애인뿐 아니라 친구, 직장 생활 등 인간관계를 잘하기 위해서는 자기 자신을 잘 파악해야 한다. 내가 무엇을 좋아하고 싫어하며, 어디까지 감당할 수 있는지, 또 상대의 장점은 단점이 될 수도 있다는 모순을 항상 고려해야 한다. 장점은 장점으로만 부각되지 않는다. 모든 장점은 어떤 단점의 끝에 있기 때문이다.

주변에 인간관계가 좋은 사람들을 보면 자기 욕망에 솔직하다. 자기 자신을 잘 알고 있다는 뜻이다. 스스로를 잘 알고 있기 때문에 자신이 감당할 수 있는 선도 잘 안다. 그래서 자신과 가치관이나 살아가는 방식이 맞지 않으면 굳이 깊은 관계를 맺지 않는다. 예의를 지키며 서로 필요할 때 도움을 주고받는 정도로 유지한다.

그러나 연인이나 친밀한 관계를 맺을 때에는 자기 자신과 잘 맞는 사람들로 심사숙고해서 만난다. 외롭다는 이유로, 자신이 감당할 수 없는 점에 매료되어, 혹은 인맥 부자가 되기 위해 섣불리 판단하지 않는다. 그들은 자기 스스로를 잘 파악하는 덕분에 사람 보는 안목이 있다. 이런 안목 없이 인연이 닿는 대로 아무하고나 깊은 관계를 만들고, 그 속에서 힘들어하는 것만큼 불행한 삶은 없다.

K라는 친구는 자기 자신에게 맞는 사람을 기가 막히게 잘 알아본다. 나는 그가 주변 가까운 사람에 대해 비난하거나 험담하는 것을 거의 보지 못했다. K는 인맥이 넓지는 않지만 가까운 사람들과의 관계가 무척 단단하며, 지인이나 비즈니스 관계의 사람들과도 선을 지키며 별문제 없이 지낸다. 그런 면에서 그는

훌륭한 사람이다. 자기 자신을 잘 아는 사람만큼 훌륭한 사람은 없다.

　나는 그와 다르게 인간관계에 허기짐이 있고 관계 중심적인 사람이다. 나와 잘 맞지 않아도 두루 잘 지내는 성격이다. 사람을 좋아하고 관계 맺기를 좋아하는 반면, 깊은 관계를 잘 이어가지 못하며 인간관계에 서툴다. 그런데 문제가 생긴 인간관계는 돌아보면 내 쪽에서 맞춰왔던 경우가 많았다. 상대가 나를 좋아한다는 이유만으로 내 마음과 무관하게 이어가는 관계나, 또는 무작정 상대의 비위를 맞추고 잘해주면서 친절함으로 무장했던 관계에서 꼭 탈이 났다.

　몇 번 그런 일을 겪고 난 뒤에 K를 비롯해 인간관계를 잘하는 사람들을 관찰해보니, 그들은 하나같이 자신의 성향이나 욕구에 대해 정확히 알고 있었다. 자기 마음을 잘 알고 자기 욕망에 충실한 사람들이 인간관계를 탈 없이 긍정적으로 끌고 간다. 내가 이제 와서 K처럼 인간관계를 맺을 수는 없겠지만, 적어도 나 자신을 알려는 노력은 해보고 싶다. 그러면 나도 언젠가는 사람 보는 안목이 생기겠지?

　인간관계가 잘 안 풀리고 힘들 때는 상대에게 문제가 있다고 생각하기 전에 자기 자신이 원하는 것, 자신이 받아들일 수

있는 선, 중요하게 생각하는 것, 좋아하는 것을 생각해보아야
한다. 자기 자신에 대해 먼저 생각해보자. 거기에 답이 있을지
도 모른다.

자신을 사랑하는 것은
한평생 이어질 로망스의 시작이다.

● 오스카 와일드

(위로의 말이)

서툰 손길이 되어

쉴리 프뤼돔의 시 「금 간 꽃병」에는 살짝 금이 간 꽃병이 나온다. 그 금은 "가벼운 상처"지만 천천히 물을 말려 꽃을 시들게 할 만큼 강력하다. 시인은 사람의 마음도 이와 같다고 말한다. 사람은 살짝 금 간 마음에도 눈물을 흘리니, 금이 간 꽃병에 절대로 "손대지 말라"고 한다. 하물며 쓰다듬지도 말란다. 나는 이 시를 읽으며 그동안 다른 이의 마음을 함부로 쓰다듬었던 나의 서툴고 섣부른 손길들이 생각났다.

친구 Y는 자녀의 교육 문제로 몇 년간 지옥에서 살았다. 만나거나 통화를 하면 그녀의 아들 성적과 학교생활에 관한 이야기만 들어야 했다. 날이 갈수록 그녀의 상태는 심각해졌다.

5장 | 사람이 나를
괴롭게 할 때

아이 때문에 잠을 잘 못 자고 신경이 늘 곤두서 있는 데다, 그 외의 일에는 관심이 없었다. 그녀가 가장 괴로워하는 이유는 아이가 자신이 원하는 방향으로 가주지 않기 때문이었다.

　나는 날이 갈수록 그녀의 이야기를 듣기가 힘들었다. 그녀의 괴로움을 이해할 수가 없으니까 같이 울어도 보고, 왜 자꾸 그런 식으로 생각하느냐고 따져 묻기도 했다. 나는 그녀를 함부로 쓰다듬고 위로했다. 그런 나의 서툰 손길이 그녀를 더 자극시켰다. 그녀는 본인이 가진 온갖 어휘를 총동원해서 자신을 이해하지 못하는 나를 어떻게든 이해시키려 들었다.

　가족이나 친구들에게 좋지 않은 일, 남의 험담, 감정 상한 일처럼 부정적인 이야기를 들을 때가 있다. 그럴 때 우리는 선의의 마음으로 그들의 말을 받아준다. 거기에 호응하고 같이 험담하며, 심판자가 되어 시시비비를 가리기도 한다. 그런 반응들은 상대를 얼마쯤 위로해주고, 그와의 우정과 인간관계에도 도움이 된다. 그러나 어둡고 불편한 대화를 습관적으로 주고받는 관계라면 한 번쯤 돌아보아야 한다. 본인의 어려움과 힘듦을 타인에게 쉬지 않고 표출하는 사람도 문제지만, 이를 듣는 사람도 본인을 잘 살피며 들어야 한다.

우리는 내면이 약할 때 다른 사람의 부정적인 마음과 말에 쉬이 동요된다. 본인도 모르게 그것에 달라붙고 이끌린다. 자신의 문제는 감춘 채, 타인의 문제를 해결해준다고 착각하면서 일시적인 위안을 얻으려 든다. 더 큰 문제는 상대의 부정적인 말을 버텨줄 힘이 없으므로 오히려 상대의 어둠을 더 키운다는 점이다. 일부러 그러는 사람은 없다. 모르고 그러는 것이다. 그러므로 자신의 마음이 약할 때는 함부로 어느 누구도 위로하면 안 된다. 서로에게 독이 되기 때문이다.

나는 상대가 힘들어서 쏟아내는 말에 일일이 반응하고 내 의견을 하나 더 보태는 것이 애정인 줄 알았다. 그러나 돌아보면 내 안에 상대의 감정과 말을 버텨낼 힘이 부족했을 때가 많았다. 힘이 없는데 있는 척하고 위로하다가, 금 간 곳을 더 크게 벌려놓은 적도 있었으리라. 상대의 말에 덩달아 푸르르 동요되고 흔들리는데 무슨 위로가 되었을까. 내 마음에 힘이 있었다면 대꾸와 반응을 줄이고 그 사람이 나쁜 감정과 말을 더 이상 양산하지 않도록 멈추게 했을 것이다.

우리는 타인을 완벽하게 이해할 수 없고, 타인에게 완벽한 이해도 받을 수 없다. 머리로는 잘 아는 사실이지만 자꾸 잊어버린다. 이해받고 싶고, 또는 이해하고 싶어서 순간순간 완벽할 수 있다고 믿는다. 아니, 믿음보다는 바람에 가깝다. 그 바람 때문에 위로의 손길은 독이 된다. 그래서 상대의 감정과 말을 버텨내는 힘이 없는 상태에서는 차라리 손대지 말고 쓰다듬지 않는 편이 낫다. 타인의 말에 귀 기울이지 말라는 뜻은 아니다. 상대를 완벽하게 이해할 수 없는 한계를 받아들이고, 동시에 내가 누군가를 보듬을 수 있는 상태인지 스스로 점검해보라는 뜻이다. 내가 어둡고 약한 상태에서 다른 사람을 위로하고 어쭙잖은 조언을 늘어놓으면 두 사람 모두 더 깊은 동굴로 들어갈 뿐이다.

인간은 모두 약한 존재이다. 언제든지 흔들릴 수 있다. 시인의 말대로 작은 일에도 마음에 금이 간다. 한 줄도 아닌 여러 개의 금을 안고 살아간다. 그런 완벽하지 않은 존재가 완벽하지 않은 또 다른 존재에게 기대어 살아간다. 그러므로 조심해야 한다. 서로가 약한 존재임을 알고, 말하고 행동해야 한다. 이것이 우리가 함부로 위로하고 쓰다듬지 말아야 하는 이유이다.

(사랑을 모은다고

생각해)

　　고등학교 1학년 때 〈열린 음악회〉라는 방송에서 가수 김
광석이 나와 노래 부르는 모습을 본 이후부터 그의 팬이 되었
다. 노래 가사와 음도 좋았지만 노래 부르는 모습 자체가 멋있
었다. 무엇보다 있는 힘을 다 쥐어짜 내지르듯 노래하지 않아서
좋았다. 그는 자신이 가진 힘과 감정의 반쯤은 마음속으로 들
여보내고 그 나머지를 밖으로 내보내는 것 같았다. 그런 이유로
그의 노래에서 깊은 울림이 느껴지는 거라 생각했다.

　　반은 마음에 품고, 나머지 반만 표현하는 것은 인간관계에
도 유용한 방법이다. 다른 사람을 대할 때 표현은 아주 중요하
다. 말로 하지 않아도 이해할 거라고, 내 마음을 다 알 거라고 생

각하는 그 순간부터 오해의 싹이 튼다. 그렇다고 너무 많이 표현하는 것도 위험하다. 좋은 관계를 유지하기 위해서는 그 내용이 긍정적이든 부정적이든 내 마음의 반만 주는 것이 좋다. 그런데 반만 준다는 것은 무슨 뜻일까?

조직 심리학자인 애덤 그랜트가 한 강연[2]에서 사람들에게 물었다.

"당신은 주는 사람(giver)인가, 받는 사람(taker)인가?"

그는 다양한 문화권에 사는 여러 직종의 사람들 3만 명을 대상으로 그들이 주는 사람인지, 받는 사람인지 조사했다. 조사 결과, 주는 사람이 25퍼센트, 받은 사람이 19퍼센트, 나머지 56퍼센트는 중간에 걸쳐 있다고 대답했다. 56퍼센트에 해당하는 사람들의 태도는 "상대가 먼저 무엇을 해준다면 나도 하겠다"

---

2 테드 강연 영상, 〈Are you a giver or taker?〉(애덤 그랜트)

였다. 애덤 그랜트는 이 중간자들처럼 살아가는 것이 가장 안전하다고 말하면서, 강연장에 모인 사람들에게 이렇게 질문했다.

"그런데 이것이 정말 가장 효과적이고 생산적인 삶의 방식일까요?"

그는 이 질문에 대한 답을 하기에 앞서, 한 가지 연구 결과를 공유했다. 수많은 기업과 직종에서 일하는 사람들, 엔지니어, 의과 대학생들, 영업사원들 중에 성과가 가장 안 좋은 사람이 누구인가 봤더니 바로 '주는 사람'이었다고 한다. 그 이유는 그들이 자기 일을 해야 할 시간과 에너지를 다른 사람들에게 다 썼기 때문이란다. 그는 다시 물었다.

"주는 사람이 최악의 직원이라면, 그럼 최고의 직원은 어떤 사람일까요?"

애덤 그랜트의 연구에 따르면, 최고의 성과를 낸 사람도 '주는 사람'이라고 한다. 이는 모든 영역에서 비슷한 양상을 보였다. 주는 사람이 최고와 최악의 직원에 골고루 분포해 있었던 것이다. 그는 성공한 기업가나 직원, 일반인들이 어떻게 자기 나름의 선을 베풀며 주는 사람으로 살아가는지 예를 보여주면서 세상에는 주는 사람이 더 많아져야 한다는 말로 그날 강의를 마쳤다.

너무 많이 주느라 자기 자신을 돌보지 못하는 사람이 최악의 직원이 되고, 받는 사람보다는 주는 사람이 더 크게 성공한다면, 어떻게 사는 것이 좋을까? 중간에 걸쳐 사는 56퍼센트의 삶도 나쁘진 않다. 어디에서든 눈치껏 적당히 일하고, 열정이 중간 정도인 사람이 사회생활을 오래, 덜 피곤하게 한다.

인간관계에서도 서로 비슷하게 주고받는 관계가 오래 유지된다. 한쪽에서 지나치게 많이 주는 불균형적인 관계는 깨지기 쉽다. 자신의 선택으로 희생을 했어도 나중에 본전이 생각나는 것은 인간의 본성이다. 정신적으로든 물질적으로든 보상이 따라올 때 사랑도 지속된다.

그런데 혹 당신은 그래도 주는 사람으로 살고 싶다면 어떻게 해야 할까? 받는 것보다 주는 게 더 좋은 사람은 계속 최악의 삶을 살아야 할까? 방법이 하나 있다. 다른 사람에게 주고 싶은 것을 일단 반으로 쪼개서 주는 방법이다.

나는 주는 것을 좋아하는 편이다. 내 것을 사는 것보다 다른 사람의 선물을 살 때 더 기쁘고 행복하다. 다른 사람을 도울 때 확실히 아드레날린이 많이 분비된다. 그렇지만 마냥 주기만 해도 괜찮을 만큼 큰사람은 아니라서, 일방적인 관계가 몇 년 지속되면 서서히 힘이 든다. 설사 내 편에서 먼저 지치지 않아도 상대가 부담스러워하거나 내가 주는 것을 잘난 척으로 받아들이기도 했다. 그래서 내가 생각한 방법은 사랑과 관심을 많이 주고 싶어도 그것의 반만 주는 것이다. 반만 주기 위해서는 여러 번 참을 줄 알아야 한다.

더욱이 나처럼 남에게 주기를 좋아하고 성격이 급한 사람들은 상대의 어려움이나 고민을 들으면 빨리 해결해주려는 경향이 있다. 그래서 즉흥적이기 쉽다. 그러면 상대가 진짜 원하는 것이나 그 사람의 속마음을 모르고 지나칠 때가 많다. 또 내가 상대를 정말 생각하고 걱정하는 것인지, 아니면 도와주는 자기 자신에게 취한 자위적 행위인지 헷갈릴 때도 있다. 그래서 전체에서 반을 나누어 주기로 한 것이다. 자기 마음을 보류하는 것이다. 급하지 않은 일이라면 관심과 도움을 바로 주지 않고 시간을 두고 조금 묵혔다가 보내곤 했다. 시간을 끌면 바로바로 행동하는 것보다 판단을 더 잘할 수 있다. 이것이 내가 나의 성향을 지키면서 나를 보호하는 방법이다.

즉흥적으로, 또는 급하게 남을 도우면 생기는 문제가 한 가지 더 있다. 내 도움의 값어치가 그만큼 떨어진다. 왜냐하면 상대에게 별 도움이 되지 않기 때문이다. 잘 모를 때, 또는 판단이 서지 않을 때는 도와주기를 멈춰야 한다. 그렇지 않으면 내가 베푼 선의가 상대에게도, 나에게도 도움이 전혀 안 된다. 꿰다 놓은 보릿자루 신세가 된다. 무엇보다 우리가 베푼 선의가 값어치 있게 쓰일 수 있도록 해야 한다. 당장 주고 싶은 사랑과 관심을 참고 조금 모아두었다가 내놓기. 이것이 서로 행복해지는 지름길이다. 상대에 대한 마음의 반은 마음에 품고 반절만 표현할 것. 김광석이 노래하는 모습처럼, 편안하게.

남들에게만

(친절한 사람)

하루는 지인이 "사람들이 그런 남편이 어디 있느냐고 부럽다고 하는데요. 그 사람은 남들한테만 좋은 사람이에요. 집에서는 진짜 별로거든요. 자기중심적이고 별것 아닌 거에 삐치고 툭하면 화를 내요. 바깥에서 받은 스트레스를 집 안에서 다 푸는 것 같아요. 그리고 가족 일에는 통 관심이 없어요. 애들 일에도 나 몰라라 하고요. 바깥에서는 회장이다, 총무다 해서 온갖 일을 다 맡아서 하면서"라고 속상한 마음을 드러냈다.

반대로 집 안에서만 잘하는 사람도 있다. 옛날에 다니던 회사 사장은 직원들에게 자신의 부정적인 감정이나 나쁜 기분을 있는 그대로 표출하는 사람이었다. 그래서 결재받을 일이 있으면 그날 사장의 기분이 어떤지 직원들끼리 미리 공유했을 정도였다. 그런 그가 집에 가면 한없이 부드러운 남편이고 좋은 아빠라는, 상상이 안 되는 소문이 있었다. 실제로 가족과 함께하는 모습을 목격한 사람에 따르면 회사에서 직원들을 대하는 모습과는 확연히 달랐다고 한다.

자, 둘 중에 누가 더 나은 사람일까? 남들에게만 잘하는 사람보다야 당연히 가족이나 가까운 사람에게 더 신경 쓰고 잘하는 사람이 더 나을까? 나는 둘 다 별로라고 생각한다. 남들에게만 잘하는 사람도, 가족한테만 잘하는 사람도 그 두 모습이 차이가 크면 반드시 문제가 생긴다. 관계마다 온도 차이가 극명하면 자기 자신과의 관계에 문제가 있다는 뜻이기 때문이다. 누구에게든 친절하고 긍정적인 모습이 가면이고, 부정적이고 좋지 않은 모습은 그 사람의 본성일 가능성이 크다.

인간관계는 크게 세 그룹으로 나뉜다. 자기 자신과의 관계, 가족이나 친구 등 친밀한 사람과의 관계 그리고 지인이나 동료 등 사회적 관계이다. 이 세 그룹 중에서 누구와 가장 친해야 행복하게 살 수 있을까? 바로 자기 자신과의 관계이다. 이와 더불어 친밀한 관계와 사회적 관계가 균형을 잘 이뤄야 행복하게 살 수 있다.

세상에는 사회적 관계만 우선시하는 사람도 있고, 자기 자신과의 관계를 생각조차 해본 적이 없다는 사람도 있다. 사회적 관계는 무시하고 친밀한 사람들만 과도하게 돌보는 경우도 있다. 어떤 관계가 자신에게 더 가까운 관계인지 모르는 사람도 있다. 예를 들어, 자신이 꾸린 가족에게는 무관심하고 이기적인 모습을 자주 보이는 남자가 어린 시절 부모 대신 자신을 길러준 누나만 살뜰히 챙긴다고 해보자. 남자 입장에서는 가까운 사람인 형제에게 잘하는 것이 무슨 문제냐고 하겠지만, 배우자나 자녀 입장에서 그는 '남'을 먼저 챙기는 사람이다. 이들 모두 균형이 깨진 모습이다.

　　인간관계가 두루 좋은 사람들은 우선 자기 자신과 잘 지낸다. 스스로를 긍정적으로 생각한다는 뜻이기도 하다. 자기 자신과 사이가 좋으면 가족이나 가까운 사람과의 정서적 유대감을 잘 이어가면서도, 주변인들이나 사회적 관계에서 큰 갈등 없이 지낸다. 그들이 완벽하다는 뜻은 아니다. 적어도 균형감이 있다는 말이다. 그들 역시 인간관계에서 갈등을 겪고 어려움도 있지만, 그것을 극단적인 상황까지 몰고 가지 않는다. 문제를 해결할 자신이 있기 때문이다. 그 자신감은 스스로에게 대한 긍정성에서 나온다.

잘난 척하거나 자기 우월감을 수시로 표출하는 사람은 겉으로는 자신감 있어 보이지만, 속을 들여다보면 열등감이 많고 부정적인 감정이 강하다. 그들은 실제로 자기 자신을 별로 좋아하지 않는다. 별것 아닌 일에 욱하거나 화를 자주 내는 사람은 마음에 뭔지 모를 불편함이 있다는 뜻이다. 그래서 그것이 건드려질 때마다 자신의 의도와 상관없이 갑자기 감정을 부정적으로 드러내 관계를 망가뜨린다.

여기서 가장 크게 망가지는 관계는 자신과의 관계이다. 그들은 누구보다 힘들어하고 상처를 많이 받지만, 그것을 해결해본 경험이 별로 없기 때문에 속앓이만 하다가 외롭고 불편한 마음 상태로 살아간다. 인간관계를 이어가면서도 만족감을 못 느끼고 자신이 외로운 줄도 모른 채 원인 모를 감정만 끌어안는다. 그렇게 되면 자기 자신에게서 한 걸음 더 멀어지는 일만 반복되며, 이 악순환은 웬만해서는 끝나지 않는다.

인간관계는 행복의 중요한 요건이다. 이를 위해서는 다른 사람보다 자기 자신과 좋은 관계를 맺는 것을 가장 우선순위에 두어야 한다. 혼자일 때 행복한 사람이 다른 사람과 함께일 때도 행복할 수 있다. 친밀한 관계와 사회적 관계는 이것과 항상 맞물려 돌아간다. 자신을 둘러싼 관계망에서 어느 한쪽으로 치우쳐져 있다면 가장 먼저 자기 자신과의 관계를 점검해보자. 그런 다음에 나머지 관계와도 균형을 이뤄야 한다. 사람 때문에 힘들 때는 두 가지를 생각하자. 자기 자신을 돌보기, 그리고 자기 자신과 친해지기.

(달라진 인간관계,)

어떻게 하지?

우리 주변에 머무는 사람들은 늘 유동적으로 변한다. 특히 인생의 대소사를 겪을 때마다 관계의 틀이 조금씩 바뀐다. 가정에서 학교로, 다시 사회로 활동하는 영역이 달라지면서 생기는 관계의 변화도 있다. 그 속에서도 만남과 이별이 끊임없이 이어진다. 새로 이어지고 끝나는 관계보다 우리를 어려움에 빠뜨리는 관계는 '달라지는 관계'이다. 이것은 헤어지거나 멀어지는 수순일 수도 있고, 또는 최초에 맺어진 관계에서 다른 관계로 옮겨가는 과정일 수도 있다.

각자의 상황이 변했을 때 관계가 달라지는 것은 아주 자연스러운 일이다. 마음이 바뀌어서라기보다는 외부 조건 때문일

경우가 많다. 이때는 그 관계를 모든 인연에는 오고 가는 시기가 있다는 시절인연으로 생각하고 그동안 이어온 인연에 감사하면서 손을 천천히 놓으면 된다. 내가 손을 놓지 않아도 상대가 손을 놓고, 시간이 두 사람의 손을 떼어놓기도 한다.

그런데 이어가고 싶은 인연이 있다면 어떻게 해야 할까? 다른 모습으로 변해가는 관계를 어떻게 끌고 갈지 한 번쯤 생각해볼 필요가 있다. 그 인연이나 만남을 이어가려면 둘 사이에 새로운 소재가 필요하다. 반면에 본래의 관계를 그대로 유지하고 싶다면 관계를 이어갈 명분이 있어야 한다.

회사에서 5년 넘게 함께 일한 팀장과 팀원이 있다고 해보자. 나이 차이는 얼마 나지 않지만 팀장과 팀원으로 이어온 세월이 길기 때문에 퇴사를 한 뒤에도 직장 생활의 연장선상에서 만나게 된다. 팀원은 팀장에게 "팀장님"이라고 부를 것이고, 대화의 소재도 한동안 회사 이야기로 채워진다.

그러나 1, 2년이 지나면 어느 날부터 대화 소재가 고갈되고 회사에서 불렀던 호칭도 어색해진다. 그럴 때 서로에게 인간적 호감이 있고 만남을 이어가고 싶다면 관계를 정리할 필요가 있다. 예를 들어, 호칭을 정리한다거나 만났을 때 새로운 소재나 공통점을 끌고 와 자연스레 그 관계를 묶는다. 그러나 관계의 틀을 재설정하려고 노력해도 갑자기 달라지지는 않는다. 둘 사이에 관계의 관성이 남아 있기 때문에 그 미묘한 선을 잘 지켜 나아가야 한다. 그렇게 3, 4년쯤 흐르면 새로운 관계로 다시 태어나 있을 것이다.

관계의 관성은 생각보다 강해서 이미 자리 잡힌 관계를 다른 관계로 바꾸는 것은 아주 까다롭다. 예를 들어 자격증 과정을 가르쳐주고 배운 선생과 학생(수강생) 관계가 있다고 해보자. 그들이 선생과 학생으로 만난 세월은 2년 가까이 된다. 학생은 선생 덕분에 자격증을 따서 그 분야에서 작은 성공을 이뤘다. 이후 좋은 관계를 이어오던 차에 학생이 선생에게 사업상 제안을 했고 둘은 함께 일하기로 했다. 두 사람이 일은 잘 해낼 수 있지만 마음의 불편함은 피할 수 없다. 두 사람의 최초 관계였던 사제 관계가 비즈니스 관계로 바뀌었기 때문이다. 그것도 학생 역할을 했던 사람이 주도권을 잡고, 선생 역할을 했던 사람이 이를 수용하고 따라야 하는 입장이라면, 두 사람 모두에게 쉽지만은 않을 것이다. 이것이 관계의 관성이다.

외부 상황이나 조건에 따라 최초로 설정된 관계에서 다른 관계로 바뀔 때는 두 사람 모두 이전과는 다른 태도로 임해야 한다. 앞으로 상대와 어떤 관계를 이어갈지 머리로 그림을 그려 보는 것도 좋다. 반드시 상상하고 기대한 모습대로 관계가 이어지는 것은 아니지만, 서로가 원한다면 노력이 필요하다.

상대는 그대로인데 나의 환경이 바뀌었을 때 달라지는 관계도 있다. 반대로 나는 그대로인데 상대의 환경이 바뀌어도 마찬가지이다. 상대의 학교나 사는 동네가 바뀌었을 때, 하는 일이나 직업이 바뀌었을 때, 배우자가 생기거나 아이가 태어났을 때, 이혼이나 죽음 등 개인사가 있을 때, 회사를 그만두고 백수나 프리랜서가 되었을 때, 종교를 바꾸었을 때, 사는 수준이나 환경이 달라졌을 때, 관심 분야가 달라졌을 때도 두 사람의 관계에 지각변동이 일어난다. 어느 한쪽이 이런 식의 큰 변화를 겪었을 때 그대로 유지되는 관계도 있고, 서서히 멀어지거나 무섭게 싹 돌아서는 관계도 있다.

사람과의 인연이나 관계를 이어가다 보면 뜻하지 않은 변화가 찾아온다. 멀어진 관계에 대해서 아쉬움이나 섭섭함이 남을 때도 있고, 마음 속 의문이 해결되지 않아서 답답한 기분이 들기도 한다. 그러나 사람은 누구나 변한다. 내 마음이 변하고 있듯, 상대도 늘 변한다. 영원히 한결같은 사람을 원하는 것은 모순이다. 영원히 변하지 않는 관계는 없다. 변화는 당연한 것이고 그것에 의문을 품을 시간에 어떻게 그 인연을 이끌어 갈 것인지 생각해야 한다. 물론 모든 관계를 부여잡고 있을 필요는 없다. 헤어지고 끝나는 인연은 거기서 만족하고 집착을 버리는 것이 자신의 정신건강에 좋다.

　인간관계는 과거를 돌아보며 아쉬워하지 않는 것이 좋다. 내게 득 될 것이 하나도 없다. 인간관계에서 미련을 갖는 것이 가장 어리석은 사람이라고 한다. 지금, 여기, 내 옆에 있는 사람들과 잘 지내면 된다. 그것만으로도 만만치는 않은 일이다. 그러니 '관계는 늘 변한다'는 말을 기억하자. 이는 사람은 늘 변한다는 뜻이다. 당신이 그렇듯이.

우리가 시작이라고 부르는 것이 종종 끝이다.

그리고 끝을 맺는 것은 시작을 만드는 것이다.

끝은 우리가 시작하는 곳이다.

● T. S. 엘리엇

담아뒀던 속마음

(표현하기)

나는 드러난 성격에 비해 내향적인 사람이다. 겉으로는 활기차고 사교적으로 보인다고 말하는 사람들이 꽤 있다. 극단적으로 외향적이거나 내향적인 사람을 제외하고는 대개 모두에게는 이 두 가지 성향이 섞여 있으니 나도 그런 듯하다. 그런데 49:51로 내향적인 면이 더 강하다. 소심한 구석이 많다.

특히 인간관계에 갈등이 생길 것 같은 말은 불편해도 끝까지 참는 편이다. 관계 중심적인 사람인 데다가 문제해결력도 그리 뛰어난 편이 아니라 관계에 문제가 생기는 일을 가급적 피한다. 문제는 참다가, 참다가 더 이상 못 참으면 수습하기 어렵게 폭발해버려서 관계에 심각한 타격이 온다는 점이다. 그런데도 이런 성격이 잘 고쳐지지 않는다.

하루는 커뮤니케이션과 심리학을 공부한 지인에게 내 고민을 털어놓았다.

"저는 친한 사람한테 싫은 소리를 잘 못해요. 그 관계가 나빠질까 봐 두려워요. 그런데 그렇게 참다가 꼭 사달이 나요. 저 어떻게 하면 돼요?"

그녀가 가르쳐준 방법은 의외로 아주 간단했다.

"불편한 점을 말할 수 있어야 해요."

그녀는 평소에 내가 고민하고 있는 Y와의 관계를 예를 들어 설명했다.

"유진 씨가 Y와 좋은 관계인 것 알아요. 그런데 Y가 계속해서 요구하고 있는 것을 한 번쯤 이야기하고 넘어가야 해요. 유진 씨가 불편하지 않으면 괜찮은데, 몇 년 동안 그것 때문에 힘들었잖아요. 대신 길게 하지 말고 짧고 가볍게 말해요."

나는 그녀의 말을 곰곰이 생각해보았다.

'내가 그 말을 할 수 있을까? Y가 서운해하면 어떡하지?'

몇 달의 시간이 흘렀다. 우연히 Y와 만나 이야기를 나누는데, 마침 그가 내가 불편해하는 말을 또 꺼냈다. 나는 이때다 싶어 지인의 조언대로 말을 했다.

"Y씨, 제 성격이 이상한가 봐요. 방금도 그냥 농담으로 말씀하시는 것 같은데 저는 왜 이렇게 부담이 될까요? 제가 좀 그런 면이 있어요."

나는 그 말을 하면서 속이 뻥 뚫리는 느낌이 들었다. 그렇게 시원할 수가 없었다. 다행히 상대도 그렇게 생각하는 줄 몰랐다며 전혀 그런 의도가 아니었다고 미안하다고 말했다. 이 말을 나누는 데 딱 1분이 걸렸다.

나는 며칠 뒤 지인에게 전화를 걸어 말했다.

"저 지난번에 알려주신 것 드디어 했어요. 아, 정말 감사해요. 그렇게 간단한 것을 왜 몇 년 동안 참았는지 모르겠어요. 제가 저한테 놀랐어요. 그렇게 부드럽게 말할 수 있을 거라 생각도 못했거든요."

사실 그랬다. 오래 묵혀온 이야기라 조금만 더 길게 이야기해도 상황이 감정적으로 흘러갈 가능성이 있었다. 어쩌면 내 감정이 격양되거나 분위기가 어두워졌을 뻔한 상황이었다. 그러나 내가 생각해도 대견할 정도로 아주 위트 있고 침착하게 잘 말했다. 무엇보다 속이 그렇게 후련할 수가 없었다.

"유진 씨, 정말 잘했어요! 이제부터는 부정적인 감정이 생기거나 마음에 불편한 것이 있으면 말하면서 살아요."

　사람 사이에 생긴 문제를 수면 위로 꺼낼 때 두 가지가 두려웠다. 관계가 나빠질 것 같은 두려움, 그리고 그것을 전달할 때 감정이 올라와서 화를 내거나 울컥할 것 같은 두려움이었다. 그래서 나의 예민한 성격 탓이겠거니 그냥 넘어갔던 일도 많았다. 결국 관계에서 충분히 생길 수 있는 작은 일들을 내가 크게 키운 셈이었다. 그러나 막상 말문을 터보니 정말 별것 아니었다. 상대가 내 마음을 기꺼이 받아주는 것을 보니, 내 쪽에서 오히려 상대를 그런 말도 소화시키지 못하는 사람으로 오해하고 나 혼자 고민했구나 하는 생각이 들었다.

　꼭 말하고 지나가야 하는 것을 말하지 않고 쌓아두는 바람에, 은연중에 그 감정들이 상대에게 조금씩 새어 나갔을 수도 있겠다는 생각이 들었다. 어떻게 내 안에 완벽하게 봉인되어 있을 수 있겠는가. 분명히 나의 작은 표정으로, 사소한 몸짓이나 말로 빠져나가 상대를 미묘하게 괴롭혔을지도 모른다.

　나는 나대로 상대가 내 불편한 점을 알아주기를 바라면서, 사소한 일에 서운함을 느끼거나 정작 그 문제와 상관없는 것을 연결시켜 내 감정을 더욱 증폭시켰다. 아마도 누군가에게는 갑

자기 화를 내는 사람으로 인식되었을지도 모른다. 말하지 않는데 누가 그 속을 알 수 있을까? 나는 불가능한 일에 혼자 힘을 빼고 있었다. 그 뒤로는 조금씩 내 마음속 진짜 감정을 표현하는 연습을 하기 시작했다.

하루는 한 지인이 "자식 없는 것을 다행이라고 생각해. 자식 키우는 게 얼마나 힘든 줄 알아?"라고 말하는 것을 듣고 연습할 기회라는 생각이 들었다. 그 사람이 그 말을 한 것은 그때가 처음이 아니었다. 사실 대화를 할 때마다 나오는 말이었다. 그 말을 하는 사람이 그 사람만도 아니었다. 자식 때문에 속상한 일이 생길 때마다 나오는 엄마들의 흔한 레퍼토리였다. 나는 그럴 때마다 웃으며 넘겼는데 속마음은 달랐다. 그래서 심호흡을 한 번 하고 웃으면서 말을 꺼냈다.

"내가 애기 갖고 싶으면 어떻게 하려고 그런 말을 하남? 솔직히 나도 사람인데 자식이 있었으면 할 때가 있지 않겠어?"

상대방은 그런 뜻이 절대 아니었다고 미안하다고 했고 그 일로 둘 사이에는 아무 일도 일어나지 않았다. 나는 용기를 얻어 그 말을 하는 다른 사람에게도 해보았다. 역시 효과가 있었다. 나 혼자 끙끙댈 문제가 아니었다. 상대가 나에게 상처를 주려는 의도가 아니라, 자신의 입장에서 하는 말이기 때문이다.

그런데 그 말이 불편하고 힘들다면 한 번쯤은 가볍게 말해보는 것이 좋다. 상대가 인지하지 못하는 태도를 짧고 빠르게 짚어주어야 한다. 그 순간을 잡는 게 쉽지는 않다. 미묘한 말투의 차이로 상대의 기분이 상할 수도 있기 때문이다. 그러나 내 안에 부정적인 감정을 오랫동안 쌓아두는 것이 관계에 더 좋지 않다. 좋은 관계로 계속 잘 지내고 싶다면 내 속마음을 꺼내서 보여주자.

서로의 바운더리를

(지켜주세요)

　　D는 상대의 말이나 행동을 매의 눈으로 살피는 사람이다. 섬세하고 관찰력도 뛰어나 사람들이 필요한 것을 잘 기억하고 챙겨주어 따뜻한 사람으로 정평이 나 있다. 그러나 개인적으로 만나보면 그는 늘 살짝 지쳐 있었다. 그는 다른 사람들에 대한 관심이 너무 지나쳐 정작 자기 자신을 잘 챙기지 못했다. 다른 사람들을 현미경으로 바라보다가 오히려 잘못 판단하는 경우도 있었다. 나는 D를 보면 가끔은 나를 보는 것 같았다. 어쩌면 그래서 그와 내가 가까워진 걸지도 모르겠다. 나도 그처럼 다른 사람의 생각, 감정, 말, 행동, 표정에 일일이 반응하는 사람 중에 하나였다.

상대의 말을 잘 들어주고 적절하게 반응하는 것이 왜 나쁘겠는가? 그러나 모든 것이 과하면 문제가 생기듯, 남을 생각하는 마음도 너무 과하면 문제가 생긴다. 그리고 그것이 정말 남을 생각하는 마음인지 한 번쯤 의심해보아야 한다. 정말 상대에게 애정이나 관심이 많아서 그럴 수도 있지만, 사실은 본인을 위한 것은 아닐까? 상대의 일에 관심을 기울이고 그것에 일일이 반응하는 이유가 상대에게 잘 보이고 싶은 마음, 눈치 보는 마음, 착한 사람이 되려는 마음, 칭찬받고 싶은 마음, 사랑과 관심을 받고 싶은 마음 때문이라면 그것은 실패한 전략이다.

우선 내가 상대에게 보내는 마음은 결코 동일하게 돌아오지 않는다. 설사 똑같이 돌아온다고 해도 성에 차지 않을 것이다. 누구나 항상 본인이 실제보다 더 많이 베풀었다고 생각하기 때문이다. 상대방을 지나치게 많이 생각하고 그들의 일거수일투족에 촉각을 곤두세우고 있는 것은 결코 상대를 존중하는 마음이 아니다. 나 혼자 그를 지켜보고 나 혼자 판단하다 보면 결국 예민해지고 짝사랑하는 꼴이 된다. 결국에는 꼬투리나 시비를 걸 만한 구석들만 남는다. 상대를 지나치게 관찰하면 관계에 필히 악영향을 미친다.

만약 다른 사람의 생각, 감정, 말, 행동, 표정에 일일이 신경 쓰고 반응하고 있다면 이제 조금 무관심해져야 한다. 그냥 지나쳐야 한다. 슬쩍 듣지 못한 척해도 된다. 흘려들어도 된다. 중요하지 않은 것들은 건성으로 들어도 된다. 타인의 생각, 감정, 말, 행동은 그 사람의 것이지 내 것이 아니기 때문이다. 그것에 내가 의미를 붙이고 깊이 생각해도 관계에 별 도움이 안 된다.

사람은 자기만의 바운더리를 원한다. 침해당하고 싶지 않은 최소한의 선이 있다. 자신의 일거수일투족을 다른 사람에게 들키고 싶어 하지 않는다. 아는 척하지 않기를 바란다. 모르는 척 넘어가거나 물어보지 않기를 원한다. 그러나 상대에게 관심이 과한 사람은 상대방의 비밀이나 은밀한 부분까지 굳이 파헤치고 선을 넘는다. 그것이 상대를 사랑하는 마음인 줄 착각한다. 누군가가 나를 현미경으로 들여다보고 있다고 생각해보자. 누구에게나 그런 시선은 부담스럽다. 그러므로 남이 나를 필요로 하거나 도움을 청할 때를 제외하고는, 남을 낱낱이 살피는 것은 좋지 않다.

인간관계를 잘 유지하는 방법은 '적당한 관심'이다. 좋은 것은 항상 양극단에 있지 않고 중간 어디쯤에 있다. 남에 대한 관심도 마찬가지다. 적절한 관심과 애정이면 충분하다. 그러니 상대를 거시적으로 바라보자. 상대를 크게, 전체적으로 바라보아야 한다. 상대를 향해 눈을 가늘게 뜨고 일일이 반응하고 응대하는 순간, 불행이 시작될지도 모른다. 사람 마음은 다 똑같다. 자신이 상대에게 관심을 많이 가지면 언젠가 되돌아오지 않는 상대의 무관심을 원망하게 된다.

주위를 둘러보면 특별히 다른 사람에게 무심해 보이는 사람들도 있다. 이 사람이 나한테 관심이 있나 의심이 든 적도 있다. 그러나 시간이 지날수록 그들이 인간관계를 잘한다는 생각이 든다. 그들은 관심을 보이긴 한다. 아주 가끔. 그리고 찔끔찔끔 사랑을 준다. 그런데 그게 진짜처럼 느껴진다. 무엇보다 그들을 만나면 부담이 없어서 좋다. 나도 그들을 따라 적당히 반응하고 적당히 애쓴다. 마음 편안한 관계를 원한다면 상대를 편안하게 해주어야 한다. 그러려면 가늘고 길게, 그리고 무심하게 관계를 이어가자.

나쁜 감정이

6장

생각을
방해할 때

(한 번쯤

솔직해지는 길)

나는 꽤 오랫동안 책을 만들었지만 저자의 감정이나 속마음이 직접 드러나는 글을 편집해본 경험이 별로 없다. 주로 교양, 학습, 실용서 위주로 일을 해왔기 때문이다. 독자로서도 특별한 경우를 제외하고 에세이를 찾아서 읽는 편이 아니었다. 그런 내가 글쓰기 강의를 하면서, 개인의 이야기를 솔직하게 쓴 글의 매력에 빠지기 시작했다. '글=책'이라는 등식에서도 벗어날 수 있었다. 편집자인 나에게 글은 책이라는 물성에 담겼을 때만 안심이 되고, 제대로 된 격식이 갖춰지는 것이었다. 다른 사람이 읽는다는 전제하에, 늘 멋있고, 있어 보이게, 지적으로 써야 한다는 강박이었을까?

나는 글로 자기 생각과 감정을 정리하고 표현하고 싶어하는 사람들을 만나면서 비로소 책이라는 갑갑한 그물을 빠져나올 수 있었다. 내가 그들의 글에서 발견한 것은 빛나는 솔직함이었다. 그들은 누가 가르쳐준 것도 아닌데 솔직하게 쓸 줄 알았다. 그 속에는 탁월하고 수려한 수식보다 깊은 사유와 성찰이 있었다. 거칠면 거친 대로, 서툴면 서툰 대로 자기만의 것이 있었다. 그들의 글을 읽으면서 나도 그렇게 한 줄 한 줄 솔직해지고 싶었다.

사실 글은 솔직하기 어려운 표현 방식이다. 쓰다 보면 자기 검열에 빠지기 쉽고, 쓰다 보면 솔직함보다 지적인 것에 더 매료되기 때문이다. 그래서 글은 지혜보다는 지적인 소산물이며, 날것이 아니라 잘 요리해서 플레이팅까지 마친 고급 요리에 가깝다. 지적이고 어엿한 글이 독자에게 주는 감응은 분명 그 값어치가 어마어마하다. 그러나 글 쓰는 사람의 솔직하고 정직한 마음은 글을 쓰는 본인만 알 수 있기에, 숨기고자 하면 영원히 가면 뒤에서 쓸 수 있는 것이 글의 한계이기도 하다. 그만큼 솔직하기 어렵다는 말이다.

퇴고가 가능한 글쓰기도 이러한데, 살아가면서 솔직하기

란 또 얼마나 힘들까? 나이가 들수록 늘어가는 역할과 그 역할에 잘 어울리는 적당한 가면들이 제 할 일을 척척 해내는 바람에, 내 본래 모습을 보이기가 도리어 더 어색하고 꺼려지기도 한다. 솔직함이 퇴보로 느껴지고, 덜 성숙한 사람으로 보일까 하는 두려움도 갖게 한다.

솔직함은 무엇일까? 자신이 원하는 바를 아는 것이다. 쉽지 않은 데다 무척 복잡하다. 부모와 선생들, 그리고 이 사회가 함께 만들어낸 가면이 몇 겹인지 본인도 잘 모를 때가 많다. 그 복잡하고 미묘한 것을 파헤치고 헤집어 자신이 원하는 것을 찾기까지는 여러 번의 고비와 쓴맛을 겪는다. 고된 훈련이 무색하게 정신을 차려보면 다시 편안한 가면을 뒤집어쓰고 있는 일도 많다. 우아하고 고상한 세계를 버리고 유치하고 어수룩한 나와 신랄하게 대면하는 것이 편할 리 없으니까.

이 글을 쓰고 있는 나도 모든 일에 알맞은 가면을 만들어 쓰며 그것이 최선이라고 생각했다. 그런데 마흔 살이 넘으면서 가면의 개수를 줄이는 작업을 시작했다. 한 번에 되는 일은 아니라 지금도 여전히 진행 중이다.

솔직하기 위해서는 훈련이 필요하다. 어떤 문제를 풀어야 할 때, 사람들과 갈등 상황에 놓일 때, 그리고 매일 해야 하는 크고 작은 결정과 선택 앞에서 가식과 위선을 떨지 않으려고 노력해야 한다. 솔직하기란 어려운 일이다. 이성적이고 성숙한 척, 믿음직하고 올바른 척하면서 타인을 만족시키기가 더 쉽다. 그러나 이제 서둘지 않기로 한다. 내가 원하는 것을 찾기 위해 잠시 시간을 갖고 보류할 수 있는 힘, 상대보다 내 입장을 먼저 헤아리는 일, 둘의 욕망을 같이 볼 줄 아는 여유, 그것을 적절하게 표현하는 데까지는 시간이 걸릴 테니까.

자기 마음과 욕망에 충실해지면 다른 사람의 마음도 더 잘 보인다. 자신의 진짜 모습을 감추고 꾸미다 보면 자기 자신을 잃어버리는 것은 물론이고 타인과 세상을 보는 눈마저 흐려진다.

자신의 나약한 욕망이 곧 자신임을 받아들일 수 있는 용기가 필요하다. 좋아 보이는 가면은 이제 그만 벗어두자. 그 가면이 당신의 진짜 모습인 줄 착각하는 사람들, 가까운 가족과 친구들의 오해를 풀어야 한다. 솔직한 삶은 가볍다.

생각하는 것은 (미덕이 아니다)

사람에게는 누구나 자기만의 생각 경로가 있다. 어떤 일을 시작하거나 마칠 때, 사람을 만나고 헤어질 때, 어떤 것을 보고 들으며 사고하는 자기만의 방식이 있다. 한 사람이 가정, 학교, 사회에서 문제를 해결하는 방식도 마찬가지이다. 언제나 자기 습관대로 이해하고, 습관적 관점을 가지고 습관대로 논리를 펼친다. 자기 노력에 따라 유의미한 변화가 있긴 하지만 습관을 고치는 것은 무척 어렵다. 수만 번 연습해도 될까 말까 할 정도로 몸에 강력히 밴 '습ㅎ'이기 때문이다.

나의 생각 경로에는 어떤 것이 있을까? 나는 어떤 것에 대해 지독하게 반복해서, 이것저것 여러 방면으로 바라보는 습관이 있다. 예전에는 이런 점을 장점이면 장점이지, 문제라고 생각하지 않았다. 은근히 즐기기도 했다. 내 생각과 감정을 온전히 펼칠 수 있는 안온한 공간이자, 은밀한 밀실 안에서 오히려 행복했다.

그러나 한 가지를 씹고 뜯고 맛보는 습관은 좋은 쪽으로만 발달하지 않았다. 게다가 그 생각 경로는 현재에 집중하기는커녕 늘 과거, 현재, 미래를 골고루 지나야 안심이 되었다. 불안을 덜기 위해서는 생각의 양이 폭발적으로 늘어났다. 불안을 잠시 떨칠 수 있을지는 몰라도, 넘치는 생각에 과부하가 걸리고, 하지 않아도 될 과잉 해석까지 하고 나면 결국 남은 것은 부정적인 감정이다. 좋은 일도 굳이 사서 걱정으로 마무리 짓고 마는 오래된 나의 생각 습관은 아무래도 생각이 너무 많은 탓이지 싶다.

더 큰 문제는 사람에 대해 지나치게 많이 생각한다는 점이다. 좋은 이야기든, 나쁜 이야기든, 긍정적이든 부정적이든 사람에 대한 생각을 많이 한다. 가까우면 가까운 대로, 소원하면 소원한 대로, 멀어졌으면 멀어진 대로 그 사연도 다채롭다. 일상 속에서 불쑥 생각나고, 한가하거나 쉴 때는 더 자주 누군가를 그리워하고, 걱정하고, 애잔해한다. 또 미워하고, 시기하거나 서운해하고, 어떤 이의 말이나 행동을 곱씹거나 집착하기도 한다. 그 내용이 좋고 나쁨을 떠나 그런 습관이 나를 지치게 할 때 즈음, 〈생각을 다스리는 법〉이라는 불교방송 프로그램에서 정신건강의학과 전문의 전현수 박사의 이야기를 듣게 되었다.

"내 눈앞에 없는 사람은 머리에 안 담는 게 좋습니다. 어떤 사람을 생각하다 보면 집착에 빠지거나 화가 날 수도 있어요. 그래서 실제로 만난 사람과 온전히 만나기 어려운 경우가 많아요. 실제 사람을 만나면 그 사람의 마음을 읽도록 노력하며 좋은 시간을 보내세요."

다른 사람이 한 말이나 그의 행동에 대해 반복해서 생각하고 곱씹으면 실제로 그 사람을 만났을 때 집중하지 못하고 내 생각에 갇히게 될 것이다. 그럼 어떤 일이 벌어질까? 내가 만난 사람은 그가 아니고 내 상상 속 인물이 된다. 이 끔찍한 일들이 현실에서는 빈번하게 일어난다.

우리가 가진 타인의 정보라는 게 얼마나 작고 미비한가. 오랫동안 가까이 지내온 가족조차도 서로에 대해 아는 것이 별로 없다. 알고 있어도 잘못 알고 있는 것이 더 많다. 거기에 내 생각이 겹겹이 더해진다면 우리는 타인을 얼마나 다른 사람으로 만들고 있을까? 이렇게 깨닫고 나니 내가 알고 있는 모든 사람들에게 미안한 마음이 들었다. 사람에 대한 생각만은 꼭 멈추고 싶었다.

그래서 요즘 전현수 박사의 탁월한 제안을 연습하는 중이다. 내 딴에는 선의라 생각했던 상대에 대한 깊은 애정과 걱정과 안타까움이 그저 나의 생각 습관에서 온, 아무것도 아닌 쓸데없는 습관이라 생각하면 허무하지만, 한편 속이 시원해진다. 그 시원함은 나 자신으로부터의 해방이기도 하다. 진정으로 상대를 위하는 생각이 아니라, 오히려 나를 위로하기 위한 심적 장치였을지도 모르기 때문이다.

'그가 걱정된다', '그가 불쌍하다'라는 생각은 감정의 주체인 나 자신을 자위하는 모습이다. 마치 사랑을 할 때 그 대상이 상대가 아니라 누군가를 사랑하는 자기 자신인 것처럼 말이다. 그 감정이나 느낌을 사랑이라고 믿어버리는 것이다. 반대도 마찬가지이다. '그의 이런 면이 싫다', '그에게 서운하다'라는 생각도 그 생각을 하는 나 자신과 긴밀하게 연결되어 있다. 타인의 어떤 면이 유독 싫고 화가 난다면, 그게 내가 싫어하는 내 일면은 아닌지 의심해보아야 한다. 그건 결국 나 자신을 미워하고 있다는 뜻일 테니까.

　사람에 대한 생각을 줄이기로 한 결심이 잘 지켜져, 부디 나의 생각 경로에 지대한 영향을 미쳤으면 좋겠다. 사람에 대해 많이 생각할수록 그 사람의 진짜 모습에서 멀어져 인간관계에 좋지 않은 영향을 미치듯, 무슨 일을 하든 생각을 지나치게 많이 한다면 본질에서 멀어질 확률이 높다. 누구에게도 공감받지 못할 좁은 생각에 휩싸일 가능성도 크다.

　"세상에서 가장 먼 거리는 머리에서 가슴까지"라는 말이 있다. 생각이 많을수록 마음까지 가는 길이 더 멀어진다. 쓸데없는 생각에 갇혀 마음을 덥히는 일에 게을렀음을 고백한다. 그것도 내 생각의 습관이었다. 생각 많은 것을 큰 미덕으로 삼았던 습관을 이제 그만 버린다.

폐를 끼치고 싶지

(않습니다만)

나는 결혼식을 최대한 조용하게 하고 싶었다. 다른 사람들이 스몰 웨딩을 하는 이유와 비슷했다. 가까운 사람들하고만 소중한 시간을 보내고 싶은 마음, 그들의 진심 어린 축하를 받겠다는 바람이었다. 결혼식을 준비하면서 가까운 어른에게 전화를 걸었고, 이런저런 대화 끝에 스몰 웨딩과 초대 인원으로 얘기가 흘렀다.

"결혼식 소식은 가까운 분들께만 전하려고요. 괜히 부담 드리고 폐 끼치는 것 같아서요."

그랬더니 평소 싫은 소리라고는 거의 하지 않는 분이 꽤나 따끔하게 말했다.

"혹시 자네가 평소에 그렇게 생각한 건 아니야? 다른 사람들 결혼식에 가는 걸 그렇게 생각했으니 지금 그런 마음이 드는 것 아닌가 해서 하는 말이야. 그런데 사람 관계가 어디 그런가. 너무 무 자르듯 하지 말아야지."

내가 다른 사람의 일이나 초대에 부담을 갖고 있었기 때문에 나 또한 내 일에 사람을 초대하는 것이 '폐'라고 생각한다는 말이었다. 나는 정곡을 찔렸다. 별로 가깝지 않은 사람의 초대가 부담스러운 게 사실이었고 황당한 일도 몇 번 겪었던 터라 '나는 저러지 말아야지'라고 했던 결심을 그가 알아본 것이다.

이와 비슷한 말을 또 다른 사람에게 들은 적이 있다. 바로 시어머니이다. 농촌에 사는 시어머니는 종종 먹을거리를 보내준다. 테트리스 게임의 블록들처럼 작은 틈도 허용하지 않을 태세로 신문지에 돌돌 말리고 봉지에 여러 번 묶여 박스 안에 들어앉은 각종 농산물과 김치, 생선들…. 도시에서 나고 자란 나에게 그런 종합선물세트는 처음이었다. 무엇보다 나는 그 선물세트가 맛있어서 좋았다. 그리고 시어머니의 다정함일지 따뜻함일지, 그런 마음이 느껴졌다.

시어머니와 며느리는 참 이상한 관계이다. 어느 날부터

가족이 된 이름뿐인 관계이다. 두 사람이 끈끈한 관계를 맺기 어려운 이유는 본인들의 선택에 의해 만난 사이가 아니기 때문이다. 아들이자 남편, 손주를 항상 우선순위에 두느라 그들은 끝내 관계의 주인공이 되지 못한다. 이 범상치 않은 관계에도 불구하고 나는 시어머니 홍○○ 여사가 좋다. 내 남편의 어머니가 아닌, 사람 홍○○ 여사로 좋다. 그는 나를 본인의 아들과 사는 며느리로만 볼 가능성이 농후하지만, 그것과 상관없이 나는 우리 사이를 특별한 우정으로 생각한다. 그런 사람이 보내준 종합선물세트이니 그만큼 특별했고, 그래서 나는 받기만 하지 않았다.

나는 어머니가 큰 박스를 보내오면 그즈음에 맞춰 다른 것으로 보답을 했다. 일일이 세보지는 않았지만 주고받은 횟수로 따지면 얼추 엇비슷할 것이다. 그런데 그렇게 딱 떨어지는 며느리가 부담스러웠는지 홍 여사가 아들에게 이렇게 말했다고 한다.

"내가 뭐를 보낼 때마다 따박따박 지도 뭐를 보내는 통에…. 나 부담스럽게."

그 말을 전해 듣고 웃으며 넘겼지만 속으로는 '내가 그런가?' 하고 물었다. 과연 그랬다. 친구가 보내준 예쁜 선물이 너무 고마워 며칠 뒤 보답을 했더니 친구가 서운하다는 듯 털어놓았던 말도 그와 비슷했다.

"야, 뭘 그렇게 바로바로 갚고 그러냐? 못 말려!"

상대의 선의를 받자마자 돌려주려는 내 마음의 정체는 무엇일까? 왜 나는 그렇게 바로바로 갚아야 직성이 풀리는 것일까? 그런 고민 끝에 상대가 준 마음을 갖고 있지 못하고 그 온기가 채 식기도 전에 되돌려주는 내 마음과 마주하기 시작했다.

내가 다른 사람에게 폐 끼치고 싶지 않은 마음은 다른 사람도 나에게 그러기를 바라는 마음이라던 그분의 말이 생각났다. 폐를 끼치지 않고 싶은 마음이 상대의 폐를 부담스러워하는 마음이듯, 남에게 도움을 바로바로 갚으려는 마음 역시 상대도 그러기를 바라는 마음이었다. 내 마음의 정체가 조금씩 드러나자 그의 말마따나 나는 확실히 인간관계를 무 자르듯 하는 사람이었다.

인생은 멀리서 보면 영락없는 기브 앤 테이크이다. 그런데 가까이에서 보면 기브, 기브, 테이크, 기브, 테이크, 테이크…이다. 이 둘은 횟수는 같지만 생김새는 다르다. 후자는 상대가 준 마음을 곧장 갚지 않는다. 뭔가를 받았다면 감사하는 시간을 충

나쁜 감정이
생각을
방해할 때

분히 갖는다. 상대에게 뭔가 필요하다고 느낄 때, 또는 상대가 직접 도와달라고 말할 때까지 말이다. 남에게 폐를 끼칠 때도 마찬가지이다. 폐를 끼친 다음에 그것을 잊지 않고 있다가 상대가 힘들어할 때 기꺼이 손을 내미는 것이다.

내게는 버려야 할 것이 하나 있다. 도움을 받으면 남에게 폐를 끼쳤다고 생각하는 마음이다. 인간관계는 신세를 주고받는 긴 여정이다. 내가 신세를 져야 다른 사람도 나에게 편하게 신세를 질 수 있다. 솔직히 말해 뭔가 받으면 꼭 갚아야 하는 나의 직성을 완벽하게 고칠 자신은 없다. 그러나 이제는 조금 속도를 천천히 하고 싶다. 남의 도움도 편안한 마음으로 받을 줄 아는 사람이 되고 싶다. 그래야 다시 줄 수 있으니까.

(정확하게)

이해하는 습관

　　인터넷으로 뉴스를 보다가 이해가 안 되면 댓글을 읽어본다. 사람들이 써놓은 댓글이 주석 같은 역할을 해주기 때문이다. 기자가 쓴 기사보다 사람들이 풀어 써준 댓글이 훨씬 더 일목요연하게 잘 정리되어 있을 때도 있다. 그런 이유로 댓글을 읽다 보면 나처럼 이해력이 부족한 것인지, 아니면 보고 싶은 것만 보는 탓인지 엉뚱한 말을 하는 사람들이 있다. 그런 사람들을 볼 때마다 남 일 같지 않다고 느낀다.

　　책을 읽을 때도 마찬가지이다. 여러 종류의 책을 읽다 보면 저자의 생각을 파악하지 못한 채 내가 읽고 싶은 대로 아무렇게나 읽을 때가 있다. 아무리 독서의 궁극적인 목적이 자기화라고 하지만, 그것도 저자의 생각을 정확히 이해한 다음에 할 일이지, 책에서 얻은 작은 지식의 조각을 내 멋대로 해석하는 것은 독서의 올바른 태도라고 할 수 없다. 어떨 때 그런 식으로 책을 읽는가 보니 내가 어려워하는 분야의 책을 읽을 때 특히 그랬다. 관심 있거나 좋아하는 분야의 책은 꼼꼼히 잘 읽는 편인데, 어려워하고 싫어하는 분야의 책은 대충 읽고 대충 이해하고 궤변을 늘어놓기 일쑤이다. 부끄럽지만 이것도 나의 버릇이다.

사람과의 관계에서도 이런 일은 비일비재하게 일어난다. 내 식대로 이해하여 상대를 오해한다. 상대의 말과 글을 잘못 이해해서 벌어지는 일은 또 얼마나 많은가. 사람 사이에서는 누가 잘못 말하고 잘못 이해한 것인지 모를 정도로 애매모호한 상황이 많기 때문에 시시비비를 가리다가 피차 감정이 상하기도 한다. 일을 할 때도 마찬가지다. 철저하게 크로스체크를 하고 확인에 확인을 거듭해도 잘못되는 일이 많다.

내가 이해를 잘못하여 오해했든 상대가 잘못 표현했든 마음이 불편해지기는 마찬가지이다. 마음이 불편해지면 감정이 나빠지고 그것 때문에 다시 이해력이 떨어지는 악순환으로 거듭된다. 이 악순환에서 벗어나려면 어떻게 해야 할까?

조금 생뚱맞지만 마음을 편안히 해야 한다. 마음이 불편하고 부정적인 감정에 사로잡혀 있으면 이해력이 더 떨어진다. 화가 난 사람이 앞뒤 상황을 고려하지 않고 판단력이 흐려져 감정적으로 행동하는 장면을 떠올려보자. 공부할 때, 회사에서 일할 때, 사람들과 대화를 나눌 때 어떤 상황에서든 감정이 좋지 않으면 최선의 결과를 가져올 수 없다. 화를 누르기 위해 에너지를 쓰느라 요점이나 핵심 같은 가장 중요한 본질을 정확하게 이해하지 못하기 때문이다. 마음을 편안하게 먹는다고 이해력이 '더' 좋아지지는 않지만 적어도 자신의 기본 실력은 발휘할 수 있다.

　　그런 뒤에 책을 읽고 이해하고 해석하려는 노력을 해보자. 책은 어느 정도 검증된 내용이므로 꼼꼼히 읽으면 이해력 훈련에 도움이 된다. 읽은 내용을 말로 다시 설명해보는 것도 이해력을 키우는 데 좋다. 말, 메시지, 이메일 등으로 소통을 할 때는 두 번 이상 꼼꼼하게 읽는다. 이때 자신이 수신자일 때는 이해한 것이 맞는지 거듭 확인받고, 발신자일 때는 오해할 여지없이 정확하게 표현하려고 노력해야 한다. 쉽고 간결하게 핵심 위주로 전달하는 습관도 중요하다.

　　정확하게 이해하지 않는 습관 때문에 부정적인 감정이 올라오곤 한다. 잘못 알거나 잘못 이해하는 것, 인과관계를 잘 모르고 뒤섞어놓는 것, 이치에 서툰 것, 논리적으로 생각하지 않는 것 모두가 부정적인 감정에 휘둘리게 하는 원인이다. 긍정적으로 생각하는 것은 절대 만만한 작업이 아니다. 긍정의 기본은 정확한 이해력이다. 사람들과의 이해관계와 상황을 정확하게 파악하면서 논리적으로 생각할 줄 알아야 한다.

얼마 전에 만난 선배가 이런 말을 했다.

"예전에는 사람들과 일하다가 이해가 안 되면 상대(발신자)를 탓하듯이 막 몰아치며 질문을 해서 그때그때 이해하려고 했거든. 그런데 얼마 전에 알게 된 게 있어. 좀 기다리는 거야. 사람들이 무슨 말을 하는지 기다리면 이해되는 것이 의외로 많더라고. 나 성질 많이 죽었지? 하하하."

우리는 함께 웃었지만 나는 그 순간 선배를 다시 존경하게 되었다. 일을 할 때 누구보다 정확하고 깔끔하게 일하는 선배의 입에서 저런 말이 나올 줄이야. 그래, 그의 말처럼 기다리면 이해되는 것도 있다. 중요한 것은 이해하려는 노력이다. 이렇게 해서 이해가 안 되면 저렇게 해보는 것이다. 이렇게 다각도로, 유연하게 나 자신과 다른 사람, 그리고 세상을 알아간다.

(자기 연민에서

멀어지기)

스스로를 불쌍히 여기는 마음은 인간의 자연스러운 본능이다. 타인을 불쌍하게 여기는 마음도 있지만 자기 연민과 맞붙으면 힘을 못 쓴다. 어느 누구도 자신보다 소중할 수 없기 때문이다. 이타심 역시 자기 자신을 위하는 마음에서 시작된다. 간발의 차이라도 자기 자신을 먼저 보게 된다. 어쩌면 그것을 아는 이타심이 진짜일지도 모른다.

그런데 자기 자신만 불쌍하다고 생각하는 사람은 어떤 삶을 살게 될까? 스스로를 늘 피해자라고 생각하면? 늘 억울하고 자신의 불행을 다른 사람 때문이라고 생각한다면? 이렇게 자기 연민에 빠지는 사람이 과연 행복할 수 있을까? 안타깝지만 그

렇지 않다. 혹시 나에게도 불행을 자초하는 자기 연민이 있을
까? 다음을 체크해보자.

- □ 나 자신이 불쌍하고 안됐다는 생각이 든다.
- □ 나는 어떤 사람이나 어떤 집단의 희생양이다.
- □ 나의 불행은 그 사람이나 그 집단에서 시작되었다.
- □ 억울한 감정이 자주 올라온다.
- □ 나는 항상 남을 먼저 생각하는데 남들은 그렇지 않다.
- □ 나는 남들에게 잘해주지만 돌아오는 것은 없고 늘 손해
   만 본다.

이런 마음은 자기 마음을 불편하게 만드는 첫 번째 원인이
된다. 이 문제는 누구도 해결해주지 못한다. 나는 착하고 좋은
사람인데 남들은 그렇지 않다고 단정 지으면 '나는 약자, 상대
는 강자'라는 프레임에서 벗어날 수 없다. 이것만큼 삶을 불행
하게 만드는 것도 없다.

내 주변에는 멋있는 사람이 많다. 특히 나이 든 사람들 중
에 행복하고 우아하게 살아가는 사람들은 공통점이 있다. 그들

은 자기 자신을 불쌍하게 여기지 않는다. 갈등 상황에서 상대는 가해자(강자), 나는 피해자(약자)라는 프레임을 씌우지 않는다. 반대로 정서적으로 불안정하고 자주 괴로워하는 이들의 공통점은 남들보다 자기 연민이 지나치다는 점이다. 무슨 일이 생길 적마다 자신은 피해자, 타인은 가해자라는 잣대로 상황을 바라본다. 끝까지 자신을 희생양이나 약자로 정해놓아야 마음이 편한 듯하다.

그러나 확실히 시시비비를 가릴 수 있는 범죄나 그에 준하는 일이 아니라면 세상에는 영원한 가해자도, 피해자도 없다. 스스로를 피해자라고 여기는 이유는 자기 연민이라는 감정 때문이다. 자기 연민이 부정적인 면만 있는 것은 아니다. 자기 자신을 안쓰럽게 바라보고 스스로에게 다정하기 위해 필요한 마음이다. 문제는 자기 연민이라는 감정에 있지 않고, 그 감정 때문에 상대를 나와 반대편에 두는 데 있다. 사실 여부와 관계없이 내가 불쌍해지기 위해 상대를 강하게 만들고, 내가 착해지기 위해 상대를 악하게, 내가 억울해지려고 그 원인을 상대에게서 찾게 만들기 때문이다.

더 큰 문제는 이런 구도를 만들어도 행복해지지 않는다는 점이다. 스스로를 불쌍하게 여기고 남을 적대시해서 내가 행복할 수 있다면 나도 기꺼이 그렇게 하겠다. 그러나 나쁜 생각은 나쁜 감정을 불러오고 상대에게 향하던 화살의 끝은 결국 자기 자신에게 향한다. 처음에는 남을 가해자로 만들지만 최종 가해자는 자기 자신이 된다.

이 같은 비극을 되풀이하지 않는 방법은 자기 연민과 멀어지는 것이다. 스스로를 피해자로 만들려면 타인도 피해자임을 알고, 내가 희생하고 있다고 생각하면 상대도 얼마쯤은 희생하고 있다는 것을 알아야 한다. 이것은 남을 위한 일이 절대 아니다. 오직 자기 자신을 위한 마음이다.

나만 불쌍한 사람도, 다른 사람만 불쌍하게 여기는 사람도 아닌, 모두를 불쌍하게 여기는 사람이 되자. 사실 가장 좋은 것은 아무도 불쌍하게 여기지 않는 마음이다.

나는 스스로를 불쌍히 여기는 야생동물을 본 적이 없다.

얼어 죽어 나무에서 떨어지는 어린 새도

자기 자신을 가엾게 여기지 않는다.

●D. H 로렌스, 「자기 연민」 중에서

(삼는 이유)

그것을 '문제'로

    친구 하나는 '까짓'이라는 말을 자주 쓴다. 남편은 툭하면 "그럴 수도 있지"라고 말하고, 선배 하나는 버릇처럼 "아님 말고"라고 한다. 그들이 어려운 상황에 놓이거나 생각처럼 일이 안 풀릴 때, 불편하거나 피하고 싶은 상황에서 하는 말이다. 상황이야 조금씩 다르지만 모두 부정적인 상황에서 던지는 주문 같은 말들이다.

    부정적인 상황에서 자기만의 주문이 있는 이 세 사람에게는 공통점이 있다. 그러고 나서 더 이상은 그 일에 미련을 갖지 않는다는 점이다. 그들은 곱씹거나 다시 생각하지 않고 가볍게 넘어간다. 나는 그들의 이 가벼움을 사랑한다. 내가 잘 못하는 일이기 때문이다. 그들은 내 주변에 있는 사람들 중에 가장 단순하게 산다. 어떤 문제를 해결할 때도 단순하게, 잊을 것은 빨리빨리 잊는다. 그래서 무심하고 무신경해 보일 때도 있지만, 그들 옆에 있으면 이상하게 마음이 편안해진다.

글쓰기 강의를 해보면 글쓰기를 진지하고 엄숙하게 여기고 그것에 지나치게 의미를 많이 부여하는 사람일수록 앞으로 나아가지 못한다. 어렵다 어렵다 하면서 그 자리를 맴돌다가 서서히 멀어지고, 시간이 지나 결국 글쓰기를 '너무 하고 싶었는데 못 했던' 추상적인 꿈으로 전락시킨다.

그에 반해 글쓰기에 가볍게 접근하는 사람들은 '그냥' 쓴다. 문장력이나 글의 완성도는 좀 부족할지 몰라도 글쓰기 자체를 즐긴다. 살짝 만만하게 본다. 그래서 그런지 더 오래 지속해서 쓴다. 그렇게 쓰다 보면 잘 쓰게 된다.

나는 글쓰기 수업에 와서 글을 한 편도 쓰지 않는 사람에게 불굴의 의지로 그것을 뛰어넘으려 하지 말고, 차라리 글쓰기 대신 더 재미있는 것을 찾으라고 말한다. 자기를 표현하는 수단이 글쓰기만 있는 것도 아닌데, 굳이 자기 자신을 괴롭히면서 글쓰기를 할 이유가 없기 때문이다. 그러다가 진짜 쓰고 싶을 때 써도 늦지 않고, 어쩌면 그때가 진짜 글쓰기의 적기일 거라고 말해준다.

부담이 되고 쓰기 싫어서 자꾸 미룬다면 억지로 쓰지 말아야 한다. 억지로 하면 꼭 문제가 생기고, 문제 아닌 것도 문제로 만들어버리기 일쑤이다. 문제로 만들어서 그것이 마음에 들지 않는 이유와 자신이 그것을 외면하는 이유만 잔뜩 늘어놓는다. 자기만의 명분이 필요하기 때문이다. 그런데 문제 아닌 것을 죄다 문제로 삼으면 진짜 해결해야 할 문제가 가짜 문제들 사이에 파묻혀 발견되지 못하고 영영 사장되고 만다. 이렇게 생각 없이 문제를 방패 삼는 것은 아주 위험하다.

인간관계도 그렇다. 어떤 사람이 싫으면 계속해서 그 사람의 문제를 발견하게 된다. 아무 문제없는 것도 부정적인 프레임에 넣으면 곧장 문제가 된다. 문제로 만들기는 아주 쉽다. 어떤 사람을 '이기적이다'라는 프레임에 넣으면 그가 하는 모든 행동과 말이 '이기심'이라는 문제 안으로 들어간다. '그 사람은 뻔뻔하다'라고 생각하기로 하면 그의 행동과 말 모두가 '뻔뻔함' 속으로 들어가며, '그 사람은 멍청하다'라고 생각하면 그의 일거수일투족이 멍청해진다.

문제를 삼는다는 것은 무엇일까? 우리는 간혹 착각한다. "그것은 이것이 문제야"라고 말할 때 스스로가 똑똑하고 논리적인 사람으로 보일 거라 생각한다. 대단한 착각이다. 문제를 지적해야 지적이고 세련된 사람이 된 것 같은 느낌은 허상이다.

몇 년 전에 후배와 K 작가에 대해 이야기를 나눈 적이 있다. 그가 자신만만한 투로 말했다. "그 작가가 쓴 소설, 문제 있지 않아요?"

나는 그의 생각이 궁금해 몇 가지를 더 질문하다가 그만 입을 다물어버렸다. 몇 마디 나누어보니 사실 그는 K 작가의 책을 한 권도 읽지 않았기 때문이다. 나는 황당하여 책을 읽고 다시 이야기하자고 했지만, 그는 읽지 않아도 알 수 있는 것도 있지 않느냐며 오히려 나를 의아한 눈빛으로 쳐다보았다. 그는 왜 문제를 만들고 싶은 것일까?

그러나 후배의 모습이 낯설지 않았던 것은 나도 그처럼 말하기 때문이었다. 무슨 일이든 진지하고 심각하게 문제를 찾는 것이 마치 지식인의 상징이나 특권인 양 헛발질하던 내 모습이 그와 무엇이 다를까? 긍정보다는 부정을, 수용보다는 거부를, 칭찬보다는 비판을 먼저 선점해야 콧대를 세울 수 있는 세상에 살다 보니, 나는 수용하는 법을 자꾸 잊어버리는 듯하다. 뭐 하

6장 | 나쁜 감정이
생각을
방해할 때

나라도 문제를 삼고 꼬투리를 잡지 않으면 왠지 안일하고 무식해 보이는 것 같은 느낌은 언제부터 시작된 것일까?

세상 어디를 가도 나의 문제나 부족한 점이 까발려지는 것 같은 기분이 들 때가 있다. 대개 좋은 얼굴로 다가오지만 모두들 "너는 그게 문제잖아. 그러니 이게 필요하지?" 또는 "이거 하나만 고치면 완벽하겠다"라고 말하는 듯하다. 그런데 그것 하나만 고치면, 그 문제 하나만 해결하면 완벽해질 수 있을까? 그렇지 않다. 그것이 시작이다. 문제는 멈추지 않고 계속해서 반복될 것이다.

한번은 사람들의 고민을 상담해주는 프로그램에서 자신에게 이런저런 문제가 있다고 털어놓는 사람에게 정신과 의사가 따뜻한 목소리로 말했다.

"큰 문제 없어요. 남들보다 조금 예민한 것뿐이에요."

나는 그 의사의 말에 묘하게 위로를 받았다. 그 말을 듣고 있던 다른 사람들의 표정을 보니 나만 그런 느낌이 든 게 아니었다. 심리학 책을 봐도 그렇고, 정신과 의사, 상담사나 치료사들 모두 문제를 찾으려고 하지, 지금 그대로도 아무 문제없다고 말하는 이는 별로 없기 때문이다. 우리 주변에 있는 수많은 전문가들도 문제를 찾아 해결해주는 것에만 집중한다. 현대 사회는 현대인들을 모두 문제 있고 부족한 사람으로 만들어버리는 데에 능숙하고 익숙하다. 사람들도 여기에 수긍한다. "나는 문제없어"라고 당당하게 말할 수 있는 사람은 드물다.

해결해야 할 문제가 있을 수도 있다. 그러나 한두 개의 단서만 가지고 문제로 낙인찍는 것은 문제의 개수를 늘리는 것 외에 아무 의미도 없다. 문제를 외면하라는 말이 아니다. 모든 것을 진지하고 심각하게 받아들이지 말자. 가볍게 넘길 것은 가볍게 넘기자. 뭔가를 문제로 삼고 싶은 충동에 사로잡힐 때마다 "까짓", "그럴 수도 있지", "아님 말고"라는 자기만의 주문을 하나쯤 만들어도 좋겠다. 나의 주문은 "이게 문제인가?"라고 자문해보는 것이다. 아니라고, 이대로 괜찮다고 대답할 것들이 많아지면 좋겠다. 그러고 나면 진짜 문제가 보일 테니까.

6장 | 나쁜 감정이
생각을
방해할 때

쉽게 불행해지고
행복해지기는 어려운 당신에게

매일 하면 좋은 생각

초판 1쇄 인쇄 2022년 11월 10일
초판 1쇄 발행 2022년 11월 23일

지은이 김유진
펴낸이 이승현

출판1 본부장 한수미
컬처 팀장 박혜미
편집 박인애
디자인 여만엽
표지 일러스트 배누

펴낸곳 ㈜위즈덤하우스   **출판등록** 2000년 5월 23일 제13-1071호
주소 서울특별시 마포구 양화로 19 합정오피스빌딩 17층
전화 02) 2179-5600   **홈페이지** www.wisdomhouse.co.kr

ⓒ 김유진, 2022

ISBN 979-11-6812-504-9 03810